# 꽃이 떨어지면

제 1 회 이화글빛문학상 수상작

# 꽃이 떨어지면

서수진

글빛

사랑했던 사람을

잊지 못하고

과거에만 집착하는

한 여자와

사랑했던 사람을

잊으려

과거로부터 도망치려는

다른 한 여자에 관한

이야기

## 작가의 말

내가 글을 썼다고 하면 나의 지인들은 밝고 유쾌한 소설일 거라 예상한다. 나는 어색하게 고개를 젓는다. 이어지는 또 하나의 질문, "연애소설?" 나의 대답은 조금 전보다 더 어색해지고 만다. 내 소설이 연애소설일까? 나는 밝고 유쾌한 연애소설을 쓰고 싶었다. 그것은 일종의 내 소망이기도 하다. 하지만 내 소설은 거기에서 많이 지나쳐온 것 같다. 내 첫 장편이 서 있는 자리. 황량하고 외로운 곳에 서 있는 나의 글을 생각하면 아직도 마음이 아리다.

이 소설은 과거를 놓지 못해서 아파하는 두 여자에 관한 이야기다. 상처에 아파하는 것에서 한 걸음 더 나아가 상처를 직시함으로써 치유되고 성장하는 삶의 기본적 원리에 관한 이야기를 하고 싶었다. 그러한 힘은 사람과 사람 사이 그

소박한 공간에서 나온다는 이야기를 하고 싶었다. 하지만 정작 글을 쓰면서는 같이 아파하는 것밖에는 아무것도 할 수 없어서 그저 모니터 앞에서 울기만 하는 시간들이 많았다.

글을 쓰기 위해 매일 그림을 그렸으며 사람을 만나지 않았고 탱고 음악을 듣고 납골당에 다녀왔다. 그 시간들이 너무 끔찍해서 나는 도망치고만 싶었다. 도망치지 않기 위해 나는 이를 악물어야 했다. 수상 소감을 쓰는 이 순간에도 나는 될 수 있는 한 멀리 도망치고만 싶다. 아진과 혜은이 성장한 후에도 나는 아직 과거에 머무르는 것만 같다.

끝없이 도망치고만 싶던 시절 나를 위로하던 목소리를 기억한다. 높지도 낮지도 않고 차분하고 따뜻한 목소리로 내가 세상에서 글을 가장 잘 쓴다고 말해주었다. 과장된 말이었지만 아름다운 목소리라 믿어버리고 말아서 이 글을 쓸 수 있었다. 표현하기 힘든 사랑과 감사를 전하고 싶다.

대학생이 장편을 쓸 수 있다는 모험에 가까운 신뢰를 보여주신 이화여자대학교출판부에는 몇 번의 감사를 드려도 모자란다. 이렇게 부족한 글에 과분한 상과 예쁜 책을 선물해주신 것에도 역시 감동에 가까운 감사를 느낀다.

글을 쓴답시고 방에 처박혀 있는 딸을 보석이라고 믿고 지지해준 엄마에게 기쁜 소식을 전할 수 있어서 벅차다. 내가 어떤 모습이건 믿고 사랑해주는 엄마가 있어서 내가 이렇게 성장할 수 있었다.

나를 사랑해주는 언니에게, 장민이에게,

나를 자랑스러워하는 친구들에게,

감사와 사랑을 전한다.

2006년 5월

서수진

# 1

코발트 블루.

선명한 푸른빛의 물체가 눈앞을 스치고 무의식적으로 밟은 브레이크가 격렬한 소음을 냈다. 투명하고 아련한 침묵이 둥둥 떠올랐다. 그것도 잠깐.

"여기 좀 나와보세요."

부서져라 창문을 두드리는 소리. 중년 여자의 목소리에 짜증이 잔뜩 섞여 있었다.

각막에 고인 듯 남아 있던 푸른빛이 조금씩 사라지면서 소음이 커지고 한껏 귀가 열렸다. 아진은 핸들을 움켜잡았다. 손가락 마디마디에 소름이 돋았다.

중년 여자는 아진을 흘깃거리고 다시 한번 문을 두드렸다.

고개를 들고 천천히 문을 열고 나가니 붉은색 원피스를 입은 여자가 차 앞에 쓰러져 있었다. 아진은 인상을 찌푸리며 여자에게 가까이 다가갔다. 아진의 하이힐 밑으로 가는 머리카락이 밟혔다.

"아니, 뭘 하고 있어요? 어서 응급실에 데려가야죠."

중년 여자의 재촉에 못 이겨 아진은 차 뒷자리에 여자를 태웠다. 여자 몸에 엉겨붙어 있는 먼지가 신경 쓰여 뒤를 돌아보았다. 위태롭게 드러난 여자의 창백한 목. 갈색 머리카락에 휘감긴 얼굴. 아진은 다시 고개를 돌렸다.

조수석에 탄 중년 여자는 한시도 쉬지 않고 말을 이어가고 있었다.

"큰일이네, 큰일이야. 애가 이렇게 된 걸 알면 또 나를 갈아치우려 들 텐데. 아니, 그러게 저 정신없는 애를 나 혼자 어쩌라고 덜컥 나한테 맡겨. 아까 분명히 저 애 혼자 뛰어든 거 보셨죠?"

중년 여자는 대답을 기다리지도 않고 계속 말을 했다.

"저 애가 작정을 한 거라고요. 어쩐지 바람을 쐬자 어쩌자 하면서 택시에서 일찍 내린 게 수상쩍더라니. 도통 걸으려고 안 하는 애가 말이죠. 저게 아주 나를 골탕먹이려고 작정을 했지."

아진은 그제야 여자가 자신의 차에 뛰어들었다는 것을 알았다. 여자가 뛰어드는 모습은 전혀 기억이 나지 않았다. 순간의 푸른빛만이 기억을 대신했다. 그 푸른빛은 무엇이었을까.

"그나저나 차가 참 좋네요. 큰 차는 이렇게 승차감이 좋아."

중년 여자는 손을 뻗어 차 안 이곳저곳을 만지며 말을 하다 말고 아진의 중지에 끼워진 다이아몬드 반지에 눈을 두었다.

아진은 고개를 흔들어 정신을 차리려 노력했다.

"손혜은 씨가 의도적으로 뛰어들었다는 거네요, 그렇죠?"

"아이고, 그렇다니까요. 아까 목격자도 그렇다지 않습니까."

오히려 중년 여자가 더욱 적극적이어서 아진은 딱히 할 말이 없었다. 남의 자살소동에 끼어들게 된 것이 피곤했다. 경찰은 아진을 쳐다보았다.

아진은 따분하다는 표정을 숨기지 않고 그저 창밖만 보고 있었다. 중년 여자는 몸이 달았다.

"이 아가씨가 놀라서 말을 못 하고 있는 거예요. 갑자기 차로 여자가 뛰어들었으니 놀랄 만도 하지. 글쎄, 그 애가 뛰쳐나가는 걸 내가 붙잡았는데도 무섭게 뿌리치더라고요. 병원 약만 먹고 골골대던 애한테 그런 힘이 어디 있었나 몰라요. 죽으려고 작정을 한 거지요."

중년 여자는 스스로의 말에 격앙되고 있었다.

"조사해보면 아시겠지만 걔가 정신과 치료를 받으러 다니는 중이었거든요. 왜 우울증에 걸리면 자살하려고 하고 그러잖아요? 목숨에 지장이 없다니까 그나마 다행이지요."

"그만하면 보호자 분의 이야기는 충분히 알겠습니다."

경찰이 짜증스런 표정으로 중년 여자의 말을 막았다. 중년 여자는 발끈해서 말을 더 붙이려다 샐쭉하니 입을 다물었다.

"사고 시각이……"

경찰이 차트를 뒤적였다.

"아직 시간이 많이 지나지 않았네요. 알코올 측정을 해보죠."

아진의 표정이 잠깐 흔들렸다.

"형식적인 거니까 너무 신경 쓰지는 마시고요."

경찰은 아진을 바라보던 시선을 잠시 거두고 서류를 덮었다.

제길, 제대로 잘못 걸렸네, 아진은 욕을 뱉으려다 참았다.

여자의 부모는 의외로 강경했다. 딸아이가 뛰어든 것이 확실하다 해도 음주 사실이 확인된 이상 적당한 합의는 힘들다는 것이다. 아직 의식불명 상태인 여자를 가리키며 딸이 저

지경까지 된 건 아진의 음주운전에도 원인이 있다며 악을 써댔다. '저 지경'이라고 하기엔 인공호흡기 따위도 없고 곤히 잠든 것처럼 보여서 아진은 살짝 얼굴을 찌푸렸다.

간병인 자격으로 병원을 따라다녔다는 중년 여자의 호들갑에 비해 여자의 상해는 경미했다. 워낙 몸이 약해서 의식을 회복하는 데 시간이 걸릴 뿐, 간단한 타박상을 제외하면 더 치료할 곳도 없다는 병원 의사의 말은 소용이 없었다. 여자의 부모는 정밀검사를 해봐야 한다며 부리나케 대학병원 특실로 여자를 옮겼다. 여자의 얼굴은 그저 쉬고 있는 듯 평온해 보였다.

여자의 어머니는 시종일관 눈물을 훔치며 감정적으로 말을 지껄여댔고, 아버지는 말리는 척하면서도 저 약한 아이를, 하면서 더 부추기고 있었다. 합의금은 얼마라도 상관없다고 하니 약간 솔깃해하는 것 같았으나 이내 돈으로 사람을 사려고 하지 말라며 더 서글프게 울어댔다. 아무튼 딸아이가 깨어날 때까지 좀 두고 보자는 것이 결론이었다.

의식불명 상태가 길어질수록 합의금은 기하급수적으로 증가할 것이 틀림없었다. 자살소동을 벌여 일을 이렇게 만들어놓고도 편안한 얼굴로 잠들어 있는 여자를 아진은 피곤하다는 듯 바라보았다.

"아직도 깨어나지 않았어요."

여자의 어머니는 억지로 우는 소리를 냈다. 섹스를 하는 내내 집요하게 울려대던 전화였다. 새벽 2시. 불을 켜고 확인한 시간에 어이가 없었다.

"시간이 많이 늦었네요. 급한 용건이 아니면 아침에 전화 드리죠."

"아니, 태평하게 잠이 와요?"

여자의 어머니는 날카로운 목소리를 냈다. 악을 써댈 기세였다.

"애가 벌써 사흘간 의식불명인데. 이러다 사람 죽게 생겼다고요. 사람 치어놓고 뻔뻔한 아가씨네."

"우선 지켜보기로 하셨잖아요. 지금 합의하기를 바라시는 건가요?"

대답이 없었다. 아진은 전화를 끊어버렸다. 다시 울리는 전화벨 소리.

아직 섹스의 흥분을 가라앉히지 못한 남자가 아진을 다시 끌어당겼다. 아진은 남자의 손을 뿌리쳤다.

"됐어, 그만 하자. 기분도 잡쳤는데."

남자가 침대에서 상체를 일으키자 그의 벗은 몸이 머쓱하게 드러났다.

"나는 갈 테니까 너는 자고 가든지."

아진은 바닥에 떨어진 속옷을 집어들었다. 옷을 챙겨입는 아진을 쳐다보던 남자가 침대 옆으로 몸을 숙여 가방을 뒤졌다.

명함을 건네는 남자의 당당한 미소가 아진에게는 어설프게만 보였다. 정장을 차려입은 여자 앞에 남자의 벗은 몸이란.

아진은 호텔 로비에서 명함을 버렸다. 전화벨이 또다시 끈질기게 울렸다. 아진은 핸드폰 전원을 끄고서 호텔을 빠져나갔다.

여자는 꼿꼿이 앉아 있었다.

침대에 걸터앉아 창밖을 보고 있는 여자의 뒷모습이 너무 태연하고 차분해 보여 아진은 병실 밖으로 나가 이름을 다시 확인해보았다.

1603호 1인실, 손혜은, 이 맞았다.

"손혜은 씨?"

아진의 인기척에도 꼼짝 않고 창밖을 보며 앉아 있던 여자가 고개를 돌렸다.

돌아본 여자의 뒤로 오후 햇살이 노랗게 쏟아져 여자의 핏기 없는 얼굴을 더 병약해 보이게 만들고 있었다. 정리되지 않고 마구 흩어져 있는 머리카락은 옅은 갈색이었다. 곧 끊어질 것처럼 가느다란 갈색. 초점을 잃은 눈은 그저 동공을 벌리고 있을 뿐이었다. 눈을 감고 있을 때가 도리어 생기 있어 보였다. 아진은 그만 말을 잊었다.

"깨어났나 보네요."

아진은 차마 여자와 눈을 맞추지 못하고 말을 걸었다. 여자에게서 어떤 대답을 기대하지 않았기 때문에 병실을 나가고 싶었지만 그도 잘 되지 않았다. 온몸이 말라붙은 듯한 여자가 자신을 향해 있었다. 아진은 입이 말랐다.

"저는, 운전을 하고 있던, 사람입니다. 좀 어떠신지……"

여자의 동공에 조금 표정이 실렸다.

"찾아올 것 같아서 기다리고 있었어요."

나를? 아진은 당황한 표정을 감추지 못했다.

"부탁이 있어요. 나를 데려다 주실 곳이 있어요."

여자의 가느다란 목소리는 오랫동안 쓰지 않았던 것처럼 갈라질 대로 갈라져 있었다. 여자가 힘들게 이어가는 말은 언어라기보다 바람소리에 가까웠다. 저 여자는 마지막 힘을 다해서 말을 하고 있는 건지도 몰랐다.

"아직 혼자 걷기가 힘들어서 그래요. 이런 다리로 얼마나

갈 수 있겠어요. 어머니 오시기 전에 나가야 해요."

여전히 당황해하는 아진에게 여자는 조금의 여지도 없이 말을 이었다.

곧 쓰러질 것만 같던 좀전의 모습은 찾아볼 수가 없었다. 아진은 평소의 표정을 찾으려 애썼다.

"지금 무슨 말을……"

여자는 아진의 말을 끊었다.

"꼭 가야 할 곳이 있어요. 지금이 아니면 안 돼요."

여자의 표정이 절실함으로 일그러졌다.

아진은 자신도 모르게 휠체어를 여자에게 가져다주었다. 퇴원 수속을 밟고 지하주차장으로 내려가면서 여자의 얼굴은 다시 창백해졌다.

# 2

길이 어쩌면 이렇게 그대로일까.

오빠 집에 가는 길은 꼭 시골 가는 기분이라며 혜은은 종알댔었다. 시골 가는 게 좋아? 되묻는 그에게, 그럼, 내겐 시골집이 없었거든, 우리 집은 쭉 서울에서만 살았다나봐, 대답하면서 들떠 하던 혜은이었다. 어쩜, 서울에서 조금만 벗어나도 전혀 다른 세상이야, 쉼 없이 떠들어대며 둘러보기 바쁜 혜은을 보며 그는 빙긋이 웃기만 했었다.

여전한 들판과 조용한 바람. 하지만 혜은의 감탄을 들어줄 사람은 이제 어디에도 없다. 혜은은 바람을 따라 아스라이 움직이는 들판을 가만히 바라보았다.

"이쪽으로 가면 맞는 거예요?"

여자의 음성이 날카로웠다.

처음에는 어리둥절해하며 자신을 태워줬으나 시간이 지나 현실감각을 찾았는지 여자의 표정이 굳어버렸다.

차갑게 얼어붙은 것 같은 옆모습이 매력적인 여자였다. 무표정이 아름답게 보이는 또렷하고 분명한 윤곽선을 지니고 있었다. 이런 여자의 차에 뛰어든 것이 다행이다 싶었다.

"서울 근교라더니 벌써 한 시간째예요. 도대체 얼마나 더 가야 있는 거예요?"

여자는 앞으로 고정시킨 시선을 돌리지 않고 말을 이었다.

"이 근처예요. 저기 버스정류장 보이죠? 거기서 조금 더 가면 오른쪽에 길이 있어요. 그 길로 올라가면 돼요."

여자는 격하게 차를 틀었다. 그러는 바람에 혜은의 몸이 여자 쪽으로 쏠렸다. 여자는 불쾌감을 전혀 숨기지 않았다.

"안전벨트를 매라고 몇 번을 말해요?"

혜은의 몸을 밀어내며 여자가 날카로운 소리를 냈다. 혜은은 옷과 머리를 추슬렀다. 이제 저 앞의 나무를 돌아서 내려주시면 돼요, 혜은의 목소리가 떨렸다.

"휠체어를 내려주기만 해줘요. 나 혼자 다녀올 테니까."

여자는 짜증스러운 얼굴로 혜은이 내리는 것을 도왔다. 휠체어를 미는 것을 힘겨워하는 혜은의 뒤에 잠시 서 있더니 여자는 그대로 차 안으로 들어가버렸다.

혜은은 좁은 골목을 따라 늘어선 낮은 담들을 바라보았다.

대문은 적갈색 페인트칠이 군데군데 벗겨져서 그 안에 파란색을 드러내고 있었다. 처음 이 집에 왔을 때 파란색 페인트칠이 산뜻했다. 나를 초대하려고 얼마 전 직접 바른 거라며 그는 멋쩍게 웃어 보였다. 참 예쁘네, 진심으로 그렇게 생각했으나 문을 열고 얼른 들어가자고 재촉하는 그에게 떠밀려 말을 못 했던 게 후회가 되었다. 혜은은 덧칠이 벗겨져 드러난 파란색을 손으로 잠시 만져보았다.

그때 안에서 인기척이 느껴졌다. 혜은은 멈칫했다. 손이 심하게 떨리고 있었다. 혜은은 밖으로 드러난 전선으로 엉성하게 연결되어 있는 초인종을 눌렀다.

"누구세요?"

현관문이 열리고 그의 어머니가 슬리퍼를 끌면서 나왔다.

대문을 연 그녀는 눈높이의 시야에서 사람을 찾느라 혜은을 단번에 보지 못했다. 휠체어에 앉아 있는 여자를 발견하곤 놀라는 기색이었다.

시간이 오래 흘러서일까, 금방 알아보지 못하던 그의 어머니의 표정이 조금씩 일그러지더니 한꺼번에 무너졌다. 혜은은 그녀를 쳐다보려 애썼지만 그럴 수가 없었다.

그의 어머니는 바닥에 주저앉아버렸다.

"아들 잡아 죽인 것도 모자라서 여기에는 왜 또 왔니."

얼굴에 가득 차 있는 두려움과 원망.

언제나 살갑게 반겨주던 어머니였다. 집에서는 더 말이 없던 그와 무뚝뚝한 아버지 사이에서 혜은에게 이런저런 말도 붙이고 잘해주려 애쓰던 모습이 선했다. 곱게 미소 짓던 얼굴 가득 두려움과 원망이 퍼지는 것에 혜은은 어찌할 줄을 몰라 하고 있었다.

새파랗게 질린 그의 어머니는 바닥에 주저앉아 악을 썼다. 손을 땅에 짚고 혜은의 휠체어에 발길질을 해댔다. 휠체어가 뒤로 밀려나 반대편 집의 담에 닿았다. 사탕을 빼앗긴 어린애처럼, 그녀는 희끗희끗해진 머리카락을 무방비로 내보이며 악을 쓰고 있었다.

"무슨 일이야, 또."

그의 아버지가 현관문을 열고 나왔다.

급히 달려와 어머니를 안아 올리는데 의외로 당황한 기색이 없이 차분했다. 그의 아버지는 혜은을 한번에 알아본 듯했다. 일순간 표정에 슬픔이 어리는 듯하다가 곧 가셨다.

아버지는 어머니를 안아서 집 안으로 이끌었다. 놀란 짐승처럼 울부짖던 어머니가 아버지에게 안기더니 순식간에 조용해졌다. 아버지에게 온몸을 의지하고 어머니는 한번 뒤돌아보지도 않았다.

혜은은 반대편 담에 곧 탈진할 것만 같은 몸을 기댔다. 울퉁불퉁한 시멘트 벽이 혜은의 머리에 닿았다. 혜은은 열려 있는 대문을 망연하게 바라보고 있었다. 꼼짝도 할 수가 없었다. 시간이 화석처럼 굳어서 혜은을 붙들었다.

현관을 열고 그의 아버지가 다시 걸어나왔다.

"그 애 죽고 나서 가끔 정신이 저렇게 이상하다. 넌 이제 와서 여기까지 왜 찾아왔니. 용건이 있으면 전화를 하지 않고. 그 애를 다시 기억하게 되는 것이 저 사람이나 나에겐 괴로운 일이다. 어서 돌아가거라. 왜 왔는지는 모르겠지만 보다시피 지금은 애기할 상황이 아니구나. 나중에 전화하려무나."

혜은은 더듬더듬 말을 꺼내려 했지만 입술만 달싹일 뿐 말을 내뱉지 못하고 있었다. 안에서 맴도는 말들이 어떤 것인지 혜은 자신도 알지 못했다.

집으로 들어가면서 아버지는 반쯤 고개를 돌려 말을 덧붙였다.

"할 말이 있더라도 연락하지 마라. 그 애는 죽은 거다. 더는 우리가 할 이야기는 없는 거야. 잊는 것밖에는 수가 없는

데 다시금 기억하게 하지 말려무나."

현관문이 닫히고 그제야 혜은은 눈물을 떨어뜨렸다. 대문 앞 코스모스가 눈에 들어왔다. 다섯 해가 지나갔다.

다섯 번째의 가을이 지나가고 있는 것이다.

# 3

여자는 병원으로 돌아가지 않겠다고 버텼다. 아진은 병원 앞에 차를 세웠다.

"내려요."

여자는 꼼짝도 하지 않았다. 아진은 내려서 돌아가 조수석 쪽의 문을 열었다.

"내려요. 내가 끌어내려요?"

아진의 말이 카랑카랑하게 흘러나왔다. 아진은 여자의 팔을 붙잡았다. 뼈만 남은 팔이 곧 으스러질 듯 힘없이 아진에게 붙잡혔다. 아진은 놀라서 팔을 놓았다.

"병원에 다시 갈 수는 없어요. 퇴원 수속도 했잖아요. 부탁해요."

"무슨 부탁을 한다는 거예요?"

여자의 팔 힘이 좀 더 강했더라면 싸워서라도 끌어내렸을 것이다. 잡아채면 그대로 딸려올 것 같은 팔을 끌어내릴 수는 없었다. 고개를 숙인 옆얼굴. 흐릿하게 윤곽을 잃어버린 얼굴. 아진은 입을 다물고 있는 여자를 보다가 다시 운전석으로 돌아왔다.

병원에 들어가지 않겠다고 할 때는 그렇게 강경한 말투를 지녔던 여자가 집에 돌아오니 그새 곧 쓰러질 것 같은 얼굴을 하고 있었다. 신발도 벗지 않은 채 현관에서 선반에 기대어 위태롭게 서 있었다.

"이 방에서 자요. 욕실은 이쪽이고, 냉장고에 먹을 거 있으니까 꺼내 먹든지 알아서 해요. 오늘은 어쩔 수 없이 그쪽을 집으로 데려왔지만…… 자세한 얘기는 내일 하도록 하죠. 나는 피곤해서 먼저 잘게요."

아진은 방으로 들어가 문을 닫았다.

여자는 현관에서 그대로 서 있는지 한참을 조용하다가 다리를 끄는 소리를 내며 방으로 들어갔다. 문이 닫히는 소리를 확인하고 아진은 거실로 나왔다. 현관의 휠체어와 낯선 신발이 생소한 공기를 만들어내고 있었다. 아진은 냉장고에서 맥

주 두 캔을 꺼내서 작업실로 쓰는 안쪽 방으로 들어갔다. 작업실은 신사동에 따로 두고 있지만 전시회 날짜가 임박하면 마무리 작업을 하기 위해 집에다 캔버스를 부려놓는다.

어지러울 정도로 밝은 색감의 꽃들이 방 안 가득 진한 향기를 뿜고 있었다.

"이번에도 꽃이야?"

y의 지루한 표정을 떠올리며 아진은 아랫입술을 깨물었다. y를 만나 그림을 보인 것은 열흘 전이었다.

"팔리기야 하겠지. 네 전시야 고정 고객들이 있으니깐."

y는 포트폴리오를 힐끗 한번 더 보고 아진이 앉아 있는 소파 앞 탁자에 툭 하고 던졌다.

한숨을 내쉬며 고개를 젓더니 y는 소파에서 일어나 자신의 책상으로 가서 앉았다. 서랍을 뒤적여 손톱칼을 꺼내 손톱을 다듬기 시작했다. y는 네일아트에 많은 시간을 들이고도 틈만 나면 손톱을 다듬었다. 선홍색을 좋아해서 매니큐어는 늘 선홍색이었다. 아진은 탁자 위에 내팽개쳐진 자신의 포트폴리오를 바라보았다.

여전히 손톱을 다듬으면서 y는 말을 이었다.

"그래도, 예술이잖냐, 어? 예술 말이야. 우리 갤러리 큐레이터들도 자존심이 있지 네 그림 걸고 싶겠어? 우리가 그래도 명색이 A급 갤러리인데. 그런데도 내가 너 두 번이나 그림 걸어줬잖아. 내가 그때마다 얼마나 욕을 많이 먹었는데. 내가 그 정도 했으면 조금 발전된 모습을 보여줄 때도 됐잖아. 대표 체면이 있지, 안 그래?"

y의 잘 다듬어진 손톱이 책상 위 유리와 부딪쳐 따각따각 소리를 냈다.

아진은 탁자 위 자신의 포트폴리오가 선홍색 장미꽃 그림에서 펼쳐져 있음이 불쾌했다. 아진은 포트폴리오를 덮었다. 파일을 덮는 소리에 y가 고개를 들었다. y는 피식 웃더니 양손을 깍지 끼고 팔꿈치를 책상에 괴어 얼굴을 얹고 아진을 응시했다.

"뭐야, 토라진 거야?"

아진은 포트폴리오를 들어 무릎 위에 올려놓았다. 이럴 때는 잠자코 y의 장단에 맞추어주면 일은 순조롭게 진행되기 마련이다. 아진은 짐짓 내린 눈길을 들지 않았다.

"너 전시 안 할 거야?"

끝이 묘하게 올라간 말이 아진을 붙잡았다.

y는 킬킬댔다. 파운데이션이 들떠 주름대로 갈라지고 있었다.

"앙칼진 계집애, 하여간. 그림 걸어줄게. 이렇게 공과 사를 구분 못 하는 내가 문제지 뭐. 보름 뒤에 바로 걸자. 오픈 예약된 애 있기는 한데 안 그래도 뭐가 좀 부족하다고 트집을 잡던 차였거든. 걔 준비할 시간 준다 치고 네 그림 걸지 뭐. 네 그림 1주일 걸면 되잖아."

y는 아진을 바라보았다. 육식동물 같은 미소를 띠고 있었다. 아진은 선뜻 대답하지 않았다. 포트폴리오를 들어 가방 속에 집어넣었다.

"피곤해 보이네, 한숨 자고 가. 이 앞에 특실로 예약해놨어."

겉옷을 챙겨입는 y의 말이 아진의 몸을 휘감았다.

아진은 그제야 고개를 들어 웃어 보였다. 순응적인 시선 속에 미묘하고 알 수 없는 여지를 둔 채로. 아진은 자연스레 팔을 내미는 y의 팔짱을 끼고 사무실 뒤편 문으로 나와 차에 올랐다.

선홍색 손톱이 아진의 허벅지를 더듬었다. 아진은 반쯤 고개를 돌려 눈을 내리깐 상태에서 미소 지었다. y의 손을 살며시 감싸쥐는 것 역시 잊지 않았다.

아진은 로커를 뒤져 오래전에 쓰던 물감들을 모아놓은 상자를 끄집어냈다.

유화 작업을 하면서 아크릴은 모두 상자에 넣어버렸다. 캔버스에 바르는 건 아무래도 유화의 느낌을 따라올 수가 없었다. 아크릴은 캔버스에 바르자마자 말라버린다. 그래서 덧칠이 쉽기도 하지만 재미가 없다. 오래도록 기다려야 색이 오르는 유화가 좀 더 매력적이다. 하지만 몸에 바르려면 유화처럼 마르는 데 2주일이나 걸리는 것을 택할 수는 없는 것이다.

선홍색 물감을 찾아 들었다. vermilion. 눈이 아프도록 선명하고 밝은 홍색이다. 가장 작은 붓을 들어 허벅지 깊은 곳에 꽃을 그려넣기 시작했다. 꽃잎을 밖으로 또 밖으로 수백개를 섬세하게 그려넣느라 콧잔등에 땀이 맺히고 손이 뻑뻑하니 아팠다.

작고 가는 꽃잎들이 하나하나 허벅지 안에 자리를 잡아갔다.

왼쪽 허벅지 가득 선홍색 꽃이 피었다. 싸구려 문신 같군, 아진은 중얼거렸다. 피부의 온기 덕분에 물감은 그새 말라 쓱쓱 문질러도 번져나질 않았다.

여자는 다음 날도 하루종일 방 안에서 나오지 않았다.

아진은 닫힌 문을 두드리고 싶지 않았다. 여자의 시신을 마주하게 될 것이 두려웠는지도 모른다.

평소에 집 안의 문을 모두 열어놓고 이 방에서 저 방으로 다니는 것을 좋아하던 아진은 꽉 닫힌 문을 보는 것이 조이는 옷을 입은 것처럼 갑갑하게 느껴져 저녁 무렵 옷을 챙겨 들었다.

작업실에나 가봐야지, 아진은 생각했다. 아직 완성하지 못한 그림이 집에 있지만 작업실에도 이것저것 손봐야 할 게 많다. 내가 도리어 쫓겨나는군, 아진은 뇌까리면서 차를 몰고 나갔다.

d가 아진을 발견하더니 활짝 웃었다. 그 얼굴이 너무 순박해서 아진은 구토가 날 것만 같았다.

"지금 뭐하는 거야? 남의 작업실 앞에서."

d는 우물쭈물 말을 못 하다가 밥이나 한 끼 먹자고 했다.

"너랑 밥 먹을 시간 없어."

d를 밀치고 들어가려는 아진의 팔을 d가 붙잡았다.

"왜 그래요, 밥 한 끼만 먹자는 건데. 며칠째 저녁마다 기다리고 있었다고요."

d는 울먹거렸다.

처음에 순진해 보이는 외모가 귀여워 꼬드긴 것이 이렇게 거머리일 줄이야. d는 반 년 전부터 아진에게 청혼을 해오고 있다. 청혼이라니! 가당키나 한 것인가.

"한 달에 2천만 원만 줘, 그럼 너랑 결혼해 살지."

처음에 아진은 농담처럼 웃어넘겼다. 자신이 움직일 때마다 수줍게 몸이 반응하는 d와의 섹스가 나쁘지 않기도 했다. 아진은 d의 동정을 소유하는 짜릿함을 즐길 줄만 알았지 d가 실제로 2천만 원을 만들어오는 열성을 보일 줄은 몰랐다. 누가 목돈 한 번으로 만족한대? 매달 2천만 원이랬잖아, 아진이 농담으로 넘기려 해도 d에게는 먹히질 않았다. 이제부터 매달 갖다주겠다고 하며 졸라댔다. 작은 광고대행사 말단 사원 주제에 어디서 돈을 끌어오는지 매달 더 큰 돈을 만들어가지고 왔다.

미친놈. 그렇게 분류된 d는 아진에게 따귀를 맞고 하이힐로 차이고 신고를 받고 달려온 경찰에게 끌려가기까지 하면서도 아진의 주변에 머물렀다. 경찰에게 끌려간 뒤 한 달여 동안 모습을 보이지 않아 다행이다 싶었더니 이렇게 또 나타났다.

오늘도 웬만해서는 물러서지 않을 태세다.

"또 경찰 부른다. 너 이거 범법 행위야. 싫다는 사람 괴롭히는 거."

아진은 웃음을 짓는 여유를 부렸다. 순진한 d를 기죽이는 거야 간단했다. d는 잠시 멈칫했다. 감정이 얼굴에 모두 올라오는 표정이라니, 정말 끔찍하기 짝이 없군, 아진은 고개를 돌려 침을 뱉었다.

"지금 돌아가면 신고는 안 할 수도……"

표정을 결연하게 바꾼 d가 아진의 말을 끊었다.

"내 사랑은 모든 것을 뛰어넘어요."

드디어 돌았군, 아진은 참지 못하고 웃음을 터뜨렸다.

"나한테 설교하니?"

진지한 d의 표정에 아진은 계속 킬킬댔다.

"우리가 같이 보낸 시간은 진짜잖아요. 몸을 섞고 얘기도 하고 행복했었는데. 그 시간이 진짜라면 우린 정말 사랑한 거고, 그런 거면……"

아진은 웃음을 멈췄다. 표정이 차갑게 굳었다.

"너도 나랑 섹스하는 게 좋았던 거잖아. 네 몸이 나한테 반응한 걸 사랑이라고 갖다 붙이지 마. 역겨워. 그런 욕정 따위 나는 수백 명에게도 가질 수 있어. 그럼 수백 명이랑 사랑하는 거고, 수백 명이랑 결혼해야 하니? 결혼은 외로움을 스스로 감당하지 못하는 비겁한 사람들의 자기변명이야. 사랑 따위는 처음부터 없다고."

d의 얼굴이 새파랗게 질렸다. 아진은 더 몰아붙였다.

"사람과 사람을 묶는다는 것 자체가 사랑과 정반대라고 생각하진 않니? 나한테 가지는 욕정에 네 외로움을 끌어다 붙이려고 하지 마. 너도 결국은 똑같은 얘기를 하고 있다는 거 모르겠어? 지저분하게 굴지 마. 네 외로움은 네가 책임져. 섹스가 하고 싶다면 와. 언제든지 환영하지. 너와의 섹스는 좋으니까."

d는 아무런 말도 하지 못했다. 아진은 기다리지 않고 d를 밀치고 작업실로 들어갔다. d는 힘없이 물러났다.

문을 열자 오랫동안 고여 있던 테레빈유 냄새가 독하게 아진을 덮쳐왔다.

아진은 문에 기대섰다. 피로했다. 아진이 억지로 작업실 안에 들어오면 적어도 한 시간은 문을 두드려대던 d가 조용했다. 사랑? 웃기네, 결국 저렇게 도망칠 거면서, 아진은 담배를 꺼내 불을 붙였다. 담배연기가 테레빈유 냄새를 중화시켜 조금은 나아졌다.

오늘 작업은 글렀군, 아진은 담배를 하나 더 꺼내 들었다.

# 4

욕조 안에 웅크리고 앉은 혜은은 여자가 틀어놓은 탱고 음악에 귀를 기울이고 있다.

며칠째 아스토르 피아졸라의 음악을 듣고 있는 여자는 가끔씩 거실에서 부딪혀도 눈을 맞추지 않고 그저 여자의 방이나 작업실로 들어갈 뿐이었다.

여자가 작업실 문을 열 때마다 끼쳐오는 테레빈유 냄새에 혜은은 암묵적인 거부의사를 느꼈다. 하지만 우선은 여자의 집에 머무르는 수밖에 없다. 조금만 더 머물게요, 혜은은 여자가 들어간 방을 향해 혼잣말을 했다.

이제 얼마 남지 않았다.

차에 뛰어든 건 이번이 처음은 아니었다. 작년 가을에도 차에 뛰어들었지만 기적적이라는 의사들의 탄성과 함께 살아났다. 어머니는 혜은 앞에 입원비 내역이 적힌 종이를 집어던졌다. 다시는 이런 짓 하지 말라는 말과 함께. 그때부터 어머니는 간병인을 붙여서 혜은을 감시하게 하고 서울 근교에 있는 한 정신병원에 다니게 했다.

언제나 같은 질문과 대답을 반복하던 병원. 미친년 돌보느라 사는 게 피곤하다고 전화로 떠들어대곤 했던 간병인. 여자의 차에 뛰어드는 것으로 죽지는 못한다 해도 어머니와 간병인을 벗어나기만을 기도했다. 어머니와 간병인은 지금 차라리 혜은이 없어진 것에 감사하고 있을 것이다.

탱고 음악의 볼륨이 더 높게 키워졌다. 애절한 선율이 닫힌 방문을 따라 흘러나오고 있었다.

여자는 밖에 나갈 때도 음악을 틀어놓은 채로 나가고 집에 있을 때도 항상 음악을 틀어놓고 있다. 혜은이 이 집에 들어온 후 여자는 한 가지 음악만을 반복해서 듣고 있었다. 혜은은 집에 들어서는 순간 들렸던 이 음악을 단번에 알아챌 수 있었다.

그가 집에 혼자 있을 때면 듣고 있던 음악이었다.

"아름답잖아."

혜은이 그 이유를 물어보면 그는 차분한 목소리로 그렇게 말하곤 했다.

"나는 연주곡을 안 좋아하잖아. 게다가 탱고 음악은 들어본 적도 별로 없었는데, 이 음악을 처음 길에서 들었을 때 뭐랄까, 아주 오래전에 묵혀두었던 감정들이 한꺼번에 올라왔어. 오랫동안 잊고 있었던 게 이상할 정도로 생생하게 말이야. 심장이 뻐근하게 아파올 정도로."

"어떤 일인데? 그렇게 오랫동안 오빠 안에 감정으로 가득 고이게 한 일이?"

아주 맑은 호수의 표면이 살짝 떨리듯이 그의 표정이 흔들렸다. 하지만 곧 그는 고개를 저었다.

"지금 눈앞에 벌어진 일처럼 마음이 아프고 눈물이 쏟아질 것만 같은데 그뿐이야. 구체적으로는 아무것도 생각나지 않아. 지워버린 일 같아."

"지워버린 일? 그렇게 슬픈 일이 지워져?"

그는 어린애를 보듯 혜은을 바라보며 살며시 미소 지었다. 혜은의 머리카락을 귀 뒤로 한 올 한 올 넘겨주면서 잠시 말을 멈추었다.

"너무 힘든 일이니까 그런가보지. 안에 계속 남아 있으면 괴로워서 살 수가 없으니까. 감당할 수가 없어서 지웠나보지."

더할 것도 덜할 것도 없는 목소리. 그가 자리에 누워서 눈을 감았다. 그 모습을 가만히 보고 있으려니 슬퍼질 것만 같았다.

혜은은 목소리를 더 밝게 해서 물었다.

"감당할 수 없어서 지워버린 감정인데 그렇게 다시 살아나면 괴롭잖아. 이 음악을 들으면 괴로울 거 아냐."

혜은도 그의 배를 베고 누웠다.

"아냐, 이 음악을 듣고 있으면 도리어 정화되는 느낌이야. 이렇게 큰 감정들이 내 안에 있었나 싶게 마구 올라와서 울고 나면 더 차분하게 가라앉는 것 같아. 그때야말로 없었던 것처럼 되는 게 아니라 정말 없어지는 거지. 기억은 사라져도 감정은 사라지지 않는 법이니까."

그가 가는 손으로 혜은의 머리를 쓰다듬었다. 친근한 목소리가 귀보다 살결에 먼저 와닿았다.

"그런데 정말 슬픈 기억을 잊을 수 있어? 아무 일도 없었던 것처럼 될 수 있는 거야?"

그럼, 그가 혜은을 끌어올려서 안아주었다. 얼굴이 가만히 닿았다.

따뜻한 볼. 잔잔하게 이어지는 숨결.

"이렇게 있으면 슬픈 일들이 하나도 생각나지 않잖아. 그런 거야. 숨을 크게 들이쉬고 내쉬면, 그리고 눈을 감았다가 뜨면, 그렇게 조용하게 시간이 흐르면 아무 기억도 남지 않고 모두 지워질 거야. 그 후에는 가끔씩 묵은 감정만을 들추어내서 한번씩 울어서 위로해주기만 하면 돼."

그의 체취를 느끼며 혜은도 그를 끌어안았다.

그는 처음부터 거기 있었던 것처럼 혜은을 안고 있었다. 기억할 수 없는 처음부터 그의 살결은 혜은에게 닿아 있었다.

거짓말, 혜은은 욕조 안에 무릎을 끌어안고 앉아서 되뇌었다.

아무것도 지워지지 않잖아, 혜은은 욕조의 물을 모두 뺐다. 벗은 몸에 물기가 남아 있어서 한기가 들었지만 혜은은 그대로 욕조에 앉아 있었다. 혜은은 이대로 몸이 차갑게 굳어버렸으면 좋겠다고 생각했다.

피아졸라가 섬세하고 드라마틱하게 바이올린을 연주하고 있었다. 보사노바풍의 매혹적인 리듬은 애달픈 감정으로만 빠지지 않게 적절히 균형을 잡아주었다. 피아졸라는 자신의 음악이 슬프지만 비관적인 것은 아니라고 했다.

oblivion.

피아졸라의 음악 중에서 〈망각〉이란 제목을 가진 곡을 그는 가장 좋아했다.

바이올린의 높고 가는 선율을 따라 부드럽고 찬란하면서도 응어리진 슬픔이 가득 배어나는 곡이었다. 그는 무엇을 잊어버렸을까. 그는 어떤 감정이 올라와서 울었던 걸까. 그가 혜은에게 해준 이야기 속에서 그는 언제나 미소 지은 채 차분하고 조용한 행복을 일궈가고 있었다. 그에게 어떤 슬픔이 있었던 걸까. 가슴이 먹먹하다.

눈물이 나오지 않으면 어떻게 해? 혜은이 작게 목소리를 냈다. 욕조의 붉은 타일에 눈이 시렸다. 혜은의 목소리가 차갑게 혜은을 감쌌다.

혜은은 자신의 머리카락에서 떨어지는 물방울을 손에 받고 있었다. 아주 조금 손 안에 물이 고였다.

혜은은 잠자코 손 안에 고인 물을 바라보고 있었다. 물이 서서히 손바닥에서 빠져나가는 모습을 조금도 놓치지 않겠다는 듯이 혜은은 눈도 깜빡이지 않고 손 안에 담겨 있는 물을 바라보았다.

여자가 문을 두드렸다.

혜은은 수건으로 얼마 남지 않은 물기를 닦아낸 후 옷을 입고 나왔다. 술 냄새가 짙게 풍겨왔다. 여자의 눈이 충혈되어 있었다. 혜은이 가볍게 건네는 목례를 무시하고 여자는 욕실로 들어갔다. 거실의 바에는 와인 병이 마개가 열린 채로 올려져 있었다. 샤워기를 트는 소리를 들으면서 혜은은 와인 병의 마개를 닫았다.

# 5

와인 잔 사이사이로 은밀한 눈빛들이 오간다.

그림을 보는 척 아진을 흘깃거리는 남자들은 아진에게 인사할 기회를 얻기 위해 부자연스럽게 움직였다. 아진의 붉은 립스틱이 와인 잔에 닿을 때마다 남자들의 시선이 끈적하게 붙었다. 관계를 맺은 적이 있는 몇몇은 아진에게 은근한 인사를 건네기 위해 노력했다. 아진은 자연스레 인사를 받으며 살짝 몸을 스쳤다.

아진은 이런 순간의 짜릿함을 즐겼다. 협회 사람들이니 평론가들이니 인사하느라 바쁜 y는 짧은 치마 밑으로 드러난 아진의 다리로 자꾸만 흐르는 시선을 붙잡느라 애를 먹고 있었다. 눈이 마주칠 듯하면서도 자꾸만 비껴가는 아진의 시선에도 속이 타는 눈치였다.

"그림이 참 좋네요, 저번 전시 때도 왔었는데 기억하시나요?"

친숙한 미소를 지으며 남자가 말을 걸었다. 고른 치열이 매력적이었다.

"그럼요, 이렇게 잘 생기신 분을 잊을 리 있나요?"

지난번 전시 때 찾아와 이야기를 나눈 후 한번 같이 잔 남자다. 남자는 소리 내어 웃고 난 뒤 사인을 해달라고 수첩을 꺼냈다.

"서 작가님 팬이라서 사인을 받아두고 싶어서요."

아진은 흥미롭게 남자의 손을 좇아 시선을 옮기고 있었다.

수첩에는 오늘 밤은 어때요, 라고 적혀 있었다. 아진은 남자에게서 펜을 받아들면서 눈웃음을 지었다. 수첩에 대답을 적으려던 아진의 어깨를 누군가 두드렸다.

아진이 몸을 돌린 뒤편에는 d가 서 있었다. d가 너무 가까이에 있어서 아진의 잔이 부딪힐 뻔했다.

"할 말이 있어요."

d는 힘을 주어 말했다. 아진은 뒤돌아 남자에게 펜을 돌려주고 고개를 까닥여 인사했다. 남자가 불쾌한 표정으로 물러섰다.

"여긴 어떻게 알고 온 거야?"

"그러니까 내 말은 그런 뜻이 아니에요. 내 청혼은 있잖아요……"

힘을 주어 시작한 말이 조금씩 수그러들었다. d는 제대로 말을 잇지 못했다. 속눈썹 아래 눈물이 고여 있었다.

"지금은 바빠서 네 말을 들을 여유가 없어. 오프닝 망치지 말고 돌아가."

d에게 몸을 붙인 아진은 속삭이듯 그러나 차갑고 분명하게 말했다.

몸을 피하려는 아진을 d가 붙잡았다.

"잠시만 내 얘기를 들어줘요. 당신 말이 맞을지도 모르죠. 하지만 말이죠, 사랑은 말이죠……"

d는 말을 더듬거리며 아진의 짜증스러워하는 표정을 지켜보았다. 눈물이 떨어져 내렸다. 아진은 거칠게 d를 뿌리쳤다.

"나중에 얘기해. 지금은 돌아가."

d에게서 아진은 몸을 빼내 y가 있는 곳으로 향했다.

슬쩍 뒤돌아보니 d는 고개를 숙인 채 그 자리에 서 있었다. 주변의 몇몇이 d의 얼굴을 흘깃거렸다.

여기까지 와서 사람 망신을 시키려고, 아진은 짜증을 내면서도 무시하고 있으면 d가 다른 소동을 일으키지 않고 조용히 돌아가리란 걸 알고 있었다. d는 오프닝이 진행되는 한 시간 내내 아진을 바라보기만 하다가 고개를 숙인 채 돌아갈 것이다. 우는 목소리로 음성을 남겨둘 수도 있겠다. 하지만 y는 달랐다. y는 아까부터 아진이 다른 남자들에 둘러싸여 있는 것을 못마땅하게 쳐다보고 있었다. 심사가 뒤틀리면 당장이라도 그림을 내리라고 소리칠 만한 위인이었다.

아진은 짐짓 y의 기분을 살피고 있던 터였다. y가 한 사람과 오래 이야기를 나누는 틈을 노린 것도 있다. 스치듯 인사로 대신하던 y가 머물러 이야기를 나누는 것으로 봐서 이 방면에서는 중요한 사람일 것이다. 얼굴을 확인하려 자꾸만 곁눈질해도 y에게 가려 좀처럼 얼굴이 보이지 않았다.

아진은 사람들을 비집고 y에게 다가가 빙긋이 웃으며 와인 잔을 부딪쳤다. 정성껏 드라이해서 올린 앞머리가 살짝 흐트러져 있었다. 아진은 새쭉해 있는 y의 앞머리를 만져주며 귓속말을 했다. 오늘 정말 완벽해요, 아진의 말에 y는 귓불이 붉어졌다.

"아, 인사하시죠."

y는 붉어지는 기색을 거두려 이야기를 나누고 있던 남자에게 아진을 소개했다. 남자의 시선이 느껴졌다. 아진은 고개를 돌리며 남자에게 보낼 눈짓을 준비했다.

"이쪽은 이번에 새로 〈주간미술〉 편집장이 되신 분이에요. 인사하세요, 아진 씨. 〈주간미술〉 평론 하나면 작품 뜨고 가라앉는 거 문제도 아니니까 서로 알고 지내면 좋을 거예요."

남자와 눈을 마주했다. 아진의 손에 들려 있던 와인의 표면이 흔들렸다. 아진은 동요하지 않으려 입술을 다물었다.

"김지석입니다."

남자가 웃으며 손을 내밀었다.

"그림이 참 인상적이네요."

여전히 손이 차가웠다. 아진은 잠시 현기증을 느꼈다.

"감사합니다."

y의 가느다란 눈이 남자와 아진 사이를 오갔다.

"안 그래도 편집장님이 자꾸만 아진 씨를 소개해달라고 졸랐어요. 오늘 오프닝도 직접 전화해서 물으시고. 아진 씨 그림에 관심이 있으신 건지, 아니면……"

y가 말끝을 흐리며 남자 쪽으로 눈을 돌렸다. 남자는 불쾌한 기색 없이 웃음을 지었다.

"이렇게 미인이신 줄 진작 알았더라면 오프닝 전에 뵙는 건데요."

아진의 낯빛이 창백해졌다.

y는 경쾌하게 웃으면서 슬쩍 아진의 허리에 손을 둘렀다.

남자의 시선이 아진의 허리에 걸쳐진 y의 손에 잠시 머물렀다. 아진은 급히 몸을 틀어서 y의 팔에서 벗어났다.

“마저 얘기 나누세요. 저는 큐레이터와 잠시 얘기할 게 있어서요.”

y의 언짢은 시선이 느껴졌지만 아진은 황급히 자리를 피했다.

“그럼 또 뵙죠.”

남자의 짙은 음색이 아진의 등 뒤에 닿았다. 짙고 낮지만 아직 미색이 남아 있는 목소리.

아진은 급하게 빠져나와 갤러리 앞마당 기둥 뒤에 주저앉았다.

아진은 치마를 들어올려 왼쪽 허벅지 깊은 곳의 붉은 꽃을 들여다보았다. 상처를 어루만지듯 천천히 꽃을 만지던 아진은 가만히 혼잣말을 중얼거렸다.

“문신을 할 걸 그랬어. 싸구려 같아 보여도.”

꽃은 뭉그러지고 색이 빠져 선명하고 아름답던 모양을 잃어버린 채로 아직도 커다랗게 피어 있었다.

# 6

혜은은 거울을 바라보았다.

창백한 얼굴을 쓰다듬어보았다. 손도 뼈마디만 남았다. 그가 죽은 후 5년간 제대로 밥을 넘긴 기억이 없다. 거울 속 자신을 응시하는 두 눈에 생기가 남아 있지 않았다.

"왜 이제껏 살아 있는 거야."

목소리가 갈라졌다. 전혀 다른 사람의 것처럼 화장실에 혜은의 목소리가 울렸다.

"시간이 얼마 남지 않았어."

혜은은 크게 숨을 내쉬며 거울을 한번 더 바라보고 옷매무새를 가다듬었다.

혜은이 이름을 부르자 재환은 혜은의 얼굴을 흘깃 확인하고 고개를 숙인 채 자리로 걸어왔다. 앉자마자 담배를 꺼내든 재환은 불을 붙이며 말했다. 혜은의 얼굴은 바라보지 않았다.

"용건만 간단히 해라. 너랑 있는 거 다른 사람이 볼까 무섭다."

이렇게 불러서 죄송해요, 혜은은 담담하게 말했다.

만나고 싶지 않다고 전화로 얘기하라던 재환이 나온 것은 그에 대한 마지막 배려였을 것이다.

"오빠가 있는 곳을 알고 싶어요."

"뭐?"

재환의 목소리가 거칠게 갈라졌다. 담배를 급하게 끈 재환이 혜은을 노려보았다.

"오빠가 어디에 안치되어 있는지 말해주세요. 집에도 찾아갔었는데 여쭙지 못했어요."

재환은 다시 담배를 꺼내 물었다.

나쁜 년, 불을 붙이지 않은 담배를 문 채로 재환은 고개를 숙여 손가락으로 눈썹을 만졌다. 화가 나거나 불안할 때 나타나는 재환의 버릇이었다. 혜은은 몸을 더 꼿꼿이 했다.

"꼭 알아야 해요. 가르쳐주세요."

"5년이 지났어."

재환이 혜은을 바라보았다.

"5년이 지났다고."

혜은의 입술이 떨렸다.

"그래서 물어보는 거예요. 더 늦을 수 없잖아요."

"조금 더 일찍 오지 그랬냐. 사람들이 다 너 욕할 때 나는 너 그런 애 아닐 거라고 했다."

재환은 잠시 말을 끊었다. 목소리에 버거움이 실려 있었다.

"너 곧 올 거라고 믿었다. 마지막은 지킬 거라고 믿었어."

재환은 여전히 불을 붙이지 않은 담배를 물고 있었다. 라이터를 든 왼손이 허공에서 갈피를 잡지 못했다.

"그런데 왜 5년이나 걸렸냐. 그렇게 쉽게 도망쳐놓고 돌아오는 데는 왜 5년이나 걸렸냐."

재환은 담배에 불을 붙였다. 담배 한 모금을 깊이 빨아들이면서 재환이 일어섰다.

"돌아가라. 그리고 다시는 그따위 얘기 꺼내지 마라. 그게 마지막 예의다. 네게 최소한의 양심이 있다면 말이다."

하늘이 높다.

아무리 둘러봐도 정말 구름 한 점 보이지 않는다. 만물이 들떠 춤추는 여름을 지나 모든 활력이 본래의 자리를 찾아 가라앉는 계절이다. 보다 차분하고 정갈하게 본연의 아름다움을 드러내는 가을을 통해 열기는 무르익고 지긋이 완성되어간다. 겨울의 한파가 오기 전에 자신을 숙성시키는 진지함. 그런 것으로 가을은 색을 잃어도 아름다움을 잃어버리지는 않는다.

"낙엽이 참 예쁘다."

그해 가을, 혜은은 그의 손을 잡아끌었다.

우리도 저기 낙엽길 걷자, 혜은은 생글대며 그의 팔에 매달렸다. 수업이 일찍 끝난 금요일 오후였다. 가을의 햇살이 그의 얼굴에 비쳐들고 있었다.

그가 낙엽길로 들어서는 길목에서 멈춰 섰다.

"떨어지는 건 슬퍼."

낙엽이 떨어지는 정경을 지켜보며 그가 말했다.

눈빛이 정말 슬퍼 보여서 혜은은 일순간 그가 멀게 느껴졌다. 바로 곁에 있는데 아주 멀리 있는 것처럼. 당장 손을 뻗어서 만지려고 하면 곧 스러질 것처럼 그가 부옇게 번졌다. 혜은은 눈을 비볐다.

혜은이 바라보면 멀리서라도 돌아봐주던 그였다. 우리는

보이지 않는 끈으로 연결되어 있나봐, 혜은이 키득대면 혜은의 머리를 매만지던 그였다. 이상한 일이지, 네가 쳐다보면 나도 모르게 너를 향하고 있으니까, 그렇게 속삭였던 그가 혜은을 바라보지 않았다. 그저 앞을 바라보고 있었다.

그의 옆모습을 보면서 혜은이 말을 이었다.

"떨어져야 겨울이 오고 새로 봄이 오지, 안 그래? 묵은 잎들을 다 떨어뜨려야 새잎이 돋아나니까. 그러니까 떨어지는 건 슬픈 것만이 아니라고."

그는 여전히 혜은을 바라보지 않았다.

"그럴까, 하지만 죽으면 그뿐인걸. 떠난 건 다시 돌아오지 않아."

그의 목소리가 낮게 울렸다. 그것이 너무 낯설어서 혜은은 어찌할 바를 모르고 있었다. 눈빛에 초조함을 싣고 그를 바라보았다.

그때 그를 붙잡았다면 그는 떠나지 않았을까.

바라보는 것이 아니라 돌려세우고, 그런 꿈같은 얘기 그만하라고 윽박질렀다면 그는 혜은의 곁에 남아 있었을까.

혜은은 다시 하늘을 바라보았다. 가을의 슬픔 따위는 그 어느 것에도 배어 있지 않았다. 하늘은 끝도 없이 푸르고 또 푸르렀다.

"손혜은."

나지막하고 친근한 목소리가 울렸다.

혜은은 반사적으로 몸을 일으켰다. 재환이었다. 어느새 해가 떨어져 어렴풋한 형체만으로 보였지만 혜은은 단박에 알 수 있었다.

혜은이 이 잔디밭에 누워 있노라면 그와 재환이 혜은을 찾아오곤 했었다. 재환이 혼자 서 있는 것에 혜은은 잠시 아릿해졌다.

"시위라도 하는 거야? 지금이 몇 시인데 이러고 있어."

재환의 목소리는 많이 누그러져 있었다. 이 늦은 시각 이곳을 찾아온 것만으로도 재환은 이미 혜은을 용서했는지 모른다. 아니, 혜은을 용서하는 일이 재환의 몫이 아니라는 것을 깨달았는지 모른다.

"날이 춥다, 학관에라도 들어가자."

재환은 혜은에게 손을 내밀었다. 재환의 손을 잡고 혜은이 일어났다. 재환의 손이 차가웠다. 교정 밖에서 오래 헤맨 거 같다고 혜은은 잠시 생각했으나 말로 꺼내진 못했다.

커피를 뽑아오는 재환의 모습이 너무 익숙해서 혜은은 또 한번 표정이 어두워졌다. 하지만 재환은 예전처럼 해실해실 웃고 있지 않았고, 석 잔을 한꺼번에 드느라 그 긴 손가락을 벌리고 있지도 않았다. 혜은은 잠시 눈을 감았다.

"파주야."

학관 홀에 재환의 목소리가 차갑게 울렸다.

혜은은 손에 들고 있는 커피를 바라보았다. 블랙커피. 늘 그랬듯이 혜은의 블랙커피를 뽑으면서 재환은 무슨 생각을 했을까.

"통일로 추모공원을 찾으면 될 거야. 그때 네가 오지 않아서……"

재환은 말을 끊었다. 몰랐는데 얼굴이 많이 야위었다. 볼이 움푹 패여 한층 더 어두워 보였다.

"왜 찾는 건지는 모르겠지만 기일은 피해서 가도록 해. 괜히 부모님이랑 맞닥뜨려서 얼굴 붉히지 말고."

네, 고마워요, 혜은은 겨우 대답했다.

재환의 마른 눈빛이 살짝 흔들리다가 다시 정면을 향했다.

"나 간다."

재환은 창가에 한 모금도 마시지 않은 커피를 두고 일어났다. 창가에 기대앉아 있던 혜은 쪽으로 눈길을 주지 않고 학관 홀을 가로질러 나갔다.

재환이 시야에서 사라지자 혜은은 종이컵을 내려놓았다. 이미 온기가 모두 가셔 있었다. 두 개의 종이컵을 나란히 놓고서 혜은은 그를 떠올리려 애썼다.

밖은 이미 어두워져 있었다. 기억마저 사위어가고 있었다. 혜은은 컵을 들어 식은 커피를 마셨다.

# 7

오프닝을 마치고 빠져나오듯 아진은 혼자 집으로 왔다.

집 안에는 여전히 피아졸라의 탱고 선율이 가득했다. 아진의 시선이 여자의 신발이 없는 것에 잠시 멈추었다. 아진은 방으로 들어가 오디오에서 벌써 1주일 내내 들은 피아졸라의 음반을 꺼냈다.

음반을 꺼내자 집 안 공기가 모두 멈춰버린 듯 적막감이 흘렀다.

도심 한가운데에 있는데도 사람 말소리 하나 미세한 움직임 하나 들리지 않았다. 순식간에 찾아드는 고요가 아직도 서먹하여 아진은 황망히 다른 음반을 집어들었다. 음반을 바꿔 끼우는 짧은 시간에 숨소리마저 잡아먹은 듯 적막한 고요는 아프도록 아진을 짓눌렀다.

음반을 바꿔 틀고 거실 의자에 쓰러지듯 앉은 아진은 지석의 얼굴을 떠올렸다.

성공한 사람의 여유가 그가 지니던 특유의 자신감을 북돋우고 있었다. 하지만 여전히 단정한 눈매 속 어딘가에 불안한 기색이 감돌았다. 분명한 말투와 눈빛, 확신에 찬 손짓과 웃음소리, 그 안에 아주 미묘하게 흔들리는 그것을 발견한 순간 아진의 마음 역시 흔들렸었다.

그래서 그를 따라갔던가.

아진은 고개를 저으며 불손하게 아진의 현재에 성큼 들어선 그를 떨쳐내려 노력했다. 거실 바에 놓여 있던 와인 병을 들어 잔에 따랐다. 옅은 노란색을 띠는 화이트 와인이 작고 길쭉한 잔에 차올랐다.

와인 잔을 들고 작업실로 들어간 아진은 텅 빈 작업실에 놓인 작은 의자에 앉았다. 전시회를 앞두고 막바지 작업만을 위해 쓰던 공간이라 캔버스가 하나도 남아 있지 않았다.

아진은 미처 빨지 못한 붓을 들었다. 오늘 새벽까지 손에서 놓지 못했던 보라색 꽃을 다듬느라 보라색 물감이 잔뜩 묻어 있었다. 마지막까지 마음에 들지 않아 어제 다른 작품들을 갤러리로 옮길 때 빼놓았던 그림이었다. 결국 오늘 아침에 가져가서 구석에 걸었다.

와인 한 모금을 입에 머금고 아진은 와인 잔을 내려놓았다. 물감이 엉긴 붓을 세척제에 담가 천천히 흔들며 풀었다. 어느 정도 풀어진 붓을 세척제에서 꺼내 작업실 안 개수대에서 빨았다.

평소에 붓을 빨 때는 꼭 장갑을 끼던 아진이었다. 애써 다듬은 손톱 밑으로 물감이 엉겨붙는 게 싫어서였다. 맨손으로 붓을 빨면서 꽤 괜찮다고 아진은 생각했다. 비누를 묻혀 깊은 곳까지 색을 제거했다. 마무리 작업에 쓰였던 세필붓이라 이내 털에 묻어 있던 물감이 모두 씻겨갔다. 수건으로 깨끗하게 물기를 제거한 붓을 붓통에 담은 아진은 손을 바라보았다. 물감이 묻어 보라색으로 물든 손.

비누를 묻혀 씻고 또 씻어도 물감은 잘 지워지지 않았다. 아진은 당장 지워지지 않는 줄 알면서도 반복해서 손을 씻었다.

전화벨이 울렸다. 자신도 모르게 놀란 아진은 가만히 거실 쪽을 바라보다 다시 손을 씻었다. 벨은 질기게 울렸다. 아진은 물을 잠그고 손을 수건으로 정성스레 닦았다. 손에 묻어 있던 보라색 물감이 수건에도 묻었다. 아진은 천천히 거실로 나와 바 위에 놓인 핸드폰을 집었다. y였다. y의 번호를 확인한 순간 미세하게 지켜지던 긴장이 투둑, 하고 풀렸다. 조심스레 핸드폰을 집어들었던 게 우스웠다. 피로를 느끼며 아진은 소파에 털썩 앉아 눈을 감았다.

아진은 담요를 덮어주는 익숙하지 않은 손길에 눈을 떴다. 아진과 눈이 마주친 여자는 담요를 덮어주고 다시 방으로 돌아갔다. 아진은 며칠간 머물고 있음에도 익숙해지지 않은 여자의 모습에 당황했다.

무게를 지니지 않은 존재.

여자는 그저 떠다니듯 집 안 어딘가에 있었다. 공기가 머물 듯. 창문을 열어두면 계절의 냄새를 가득 담은 바람이 들어오듯. 아진은 여자가 들어간 방의 문을 물끄러미 바라보았다. 문을 열면 아무것도 없을 것 같다는 생각이 들어서였다. 그리고는 담요를 붙잡고 그대로 다시 잠이 들었다.

지석이 다시 연락을 해온 건 그로부터 사흘이 지나서였다. 사흘간 아진은 자꾸만 고개를 내저으며 맹렬하게 몰아치는 기억들을 떨쳐내려 애썼다. 몸을 조여오는 적막을 참아내며 음반을 하루에도 몇 번씩 바꾸었다. 어떤 노래도 비에 흠뻑 젖은 옷이 몸에 달라붙듯 아진에게 달라붙은 그의 눈동자를 떼어내지 못했다.

그의 갈색 눈동자.

분명하고 차가운 가운데 흔들림을 간직한 눈동자. 그 흔들림이 아진으로 하여금 경계심을 풀게 했던 그날 밤. 아진은 자꾸만 고개를 저었다. 그리고는 음반을 바꿔 틀었다. 그 모든 노력을 비웃듯 그의 목소리는 한순간에 아진을 무너뜨렸다.

"전화 받을 수 있어? 바쁜 건 아니지?"

조금의 빈틈조차 발견할 수 없었다. 아진은 그의 눈동자를 다시 기억해내려 애썼다. 하지만 그의 말투엔 조금의 흔들림도 없었다. 여전히 분명하고 막힘이 없고 자신감이 넘쳤다.

깜박 잠이 들어서 연락을 못 했어, 미안해, 라고 그가 말했다면 아진도 깜박 잠이 들어 아주 오랜 꿈을 꾸고 일어났구나, 그렇게 생각이 들었을 것이다.

"말이 없는 걸 보니 바쁜가보네. 하긴 전시회 오픈한 지 얼마 되지 않았으니."

"무슨 일이에요?"

아진의 건조한 목소리가 송화기를 건너 수화기를 통해 스스로에게 울렸다. 말라붙어 있던 무언가가 갈라지는 소리가 들렸다.

"오랜만인데 꼭 그렇게 말해야겠니?"

잠시 침묵이 흘렀다. 아진은 숨이 막혔다.

"너를 인터뷰할까 해. 편집장인 내가 직접 나섰으니까 고마워하라고."

오랜만인데, 오랜만인데, 그 한마디가 울려서 그 다음 말을 듣지 못했다. 오랜만이라는 그의 말에 그간의 시간이 물에 녹듯 형체도 없이 사라져버리는 듯했다. 오랜만에 만나 반가운 사람과 통화하는 건데도 자꾸만 손끝이 바싹바싹 타들어가는 것만 같았다.

"바쁘다니까 얼른 약속만 잡자. 전시회가 끝나는 게 다음 주 화요일이지?"

아진은 핸드폰을 다른 손으로 바꿔 들었다. 핸드폰을 놓은 오른손을 바라보았다. 보라색으로 물든 손.

"수요일이나 목요일 중에 보지 뭐."

인터뷰인데 만나지 못할 것도 없다, 그의 목소리는 너무나 당연하고 또렷하지 않은가, 아진은 손을 바라보면서 대답했다.

"그래요, 수요일 저녁에 보죠. 시간을 많이 낼 수는 없어요."

"그러지, 내일 다시 연락할게."

남자는 경쾌하게 전화를 끊었다.

아진은 잠시 웅크리고 있다가 잊고 있던 것이 생각났다는 듯 오디오에 음반을 갈아 끼웠다. 여전히 왼손으로는 핸드폰을 쥐고 있었다. 피아졸라였다. 바이올린과 피아노가 번갈아 가며 섬세하고 부드러운 탱고의 선율을 연주했다.

탱고의 애절한 음색을 들으며 지석이 말했었다. 탱고 있잖아, 그 격렬한 춤에서 가장 중요한 건 서로를 바라보는 눈길이야. 그 눈길에 가질 수 없는 애틋함이 깃들어 있어야 해. 탱고는 사랑하는 사람끼리 추는 게 아니니까. 곧 끊어질 듯이 애상적이다가도 다시 격렬하게 몰아치는 리듬은 사랑이 아니라 슬픔에서 나오지. 아무리 몸부림쳐도 해결될 수 없는 슬픔에서 말이야. 탱고 음악을 듣는 지석의 눈길이 유난히 평화로웠다.

당신과 나는, 아무리 몸부림쳐도 소유할 수 없었던 당신과 나는 탱고를 출 수 있을까.

단절과 증오가 낳은 아름다운 선율에 아진은 그대로 주저앉아버렸다.

# 8

"당신 부모에게 연락을 해봐요."

건조한 음색으로 여자가 말했다. 혜은이 빨래를 하려고 방에서 나왔을 때였다.

"이대로 계속 있을 작정이에요? 나는 당신에게 합의금을 지불하면 그만이지 이런 식의 책임을 질 필요는 없어요."

여자는 거실 바에 등을 보이며 앉아 있었다.

"당신이 이렇게 멀쩡히 돌아다니는 걸 보면 당신 부모도 아무 말 못 하고 합의할 거예요."

여자는 덧붙였다. 혜은은 빨랫감을 들고 멍하니 여자의 뒷모습을 바라보았다.

"매일같이 전화해서 울어대더니, 당신 없어진 걸 알고는 연락하지 않는 걸 보면 당신 부모도 어지간한 사람들 같으니까."

아진의 목소리에 차가운 냉소가 실려 있었다. 혜은은 입술을 깨물었다.

"제 보호자 아니에요."

여자가 고개를 돌렸다.

여자는 눈썹을 일그러뜨리고 혜은의 다음 말을 기다리고 있었다.

"저는 결혼을 했어요. 그러니까 부모님은 제 보호자가 아니에요."

여자는 바 앞의 작은 의자에서 내려와 거실 소파에 앉았다.

"무슨 소리예요? 그럼 내가 당신 남편을 만나 합의를 해야 된단 얘기예요? 남편은 어디 두고 여기 있어요?"

여자가 카랑카랑한 목소리로 혜은에게 되물었다.

혜은은 고개를 숙였다. 거실 바닥이 일렁였다. 빨랫감이 후드득 손에서 떨어졌다.

"죽었어요."

"뭐라고요?"

"죽었다고요, 제 남편은 죽었어요."

혜은은 최대한 정확한 발음을 내려 노력했다.

그가 죽고 나서 처음으로 그 사실을 남에게 전하고 있다.

죽었다, 그는 죽었다, 소용돌이치듯 안에서 맹렬한 바람소리를 내는 말을 혜은은 입 밖으로 내었다. 죽다, 그가 죽다, 온갖 종류의 소음이 살아나고 있었다. 죽었다. 그는 죽었다.

혜은은 바로 서 있기가 힘이 들었다. 여자가 와서 혜은을 흔들었다.

"이봐요, 정신 차려요."

혜은은 그 자리에 쓰러져버렸다. 의식을 놓지 않으면 버틸 수가 없었다. 암흑의 저 멀리서 그가 소리치고 있었다. 의식을 놓으면 안 된다고, 자신을 보라고.

혜은은 그의 목소리를 피해 또다시 멀리 도망치고 있었다.

여자는 죽을 끓이고 있었다. 가느다란 피아노 선율이 들려왔다.

그 소리가, 그 장면이, 부옇고 희미해서 혜은은 잠시 꿈을 꾸고 있는 건가, 생각했다. 흑단처럼 검은 생머리를 내려뜨린 여자가 옅은 쌀죽 냄새 속에 파묻혀 있었다.

여자는 주걱으로 천천히 쌀죽을 저었다. 몸을 수그려 불을 낮춘 여자는 싱크대에 놓인 검은 봉지에서 전복을 꺼내서 잘게 썰었다. 칼이 도마에 부딪히는 소리가 나지막해서 피아노 선율처럼 평화로웠다. 혜은은 소파에서 일어나 앉았다.

혜은의 기척을 느낀 여자가 돌아보았다.

“이제 깬 거예요?”

여자는 다시 고개를 돌려 전복을 썰며 물었다. 혜은은 그저 여자의 뒷모습을 바라보고 있었다.

“의사가 다녀갔었어요. 죽어버리면 내가 곤란해지잖아요.”

여자는 손을 놓고 싱크대에 기대선 채 말을 이었다. 여자의 손에는 물이 묻어 있었다.

“영양실조라던데요. 거기다 정신적 스트레스까지 겹쳐서 기절한 것 같다고. 나한테 어떻게 된 거냐고 묻는 게 꼭 내가 당신을 그렇게 만든 것처럼 말하더군요.”

혜은은 팔에 꽂힌 링거 바늘을 그제야 발견했다.

“당분간이에요.”

여자가 말했다.

길고 서늘한 눈매에 조금의 틈이 흔들리고 있었다. 혜은은 여자의 눈을 바라보았다. 쌀죽 냄새가 이제 막 물에서 끄집어낸 듯 바다를 머금고 있는 전복 냄새와 어우러져 거실을 가득 채우고 있었다.

혜은의 시선을 느꼈는지 여자는 입을 앙다물고 다시 몸을 틀었다. 잘게 썬 전복을 프라이팬에 올렸다. 참기름 냄새가 더해지고 자글자글 소리가 났다.

"사고 내고 피해자 데려다 죽인 꼴 될까봐 그러는 거예요. 그렇게 되면 합의할 사람도 없어지고 감옥 가게 생겼으니까."

혜은은 팔에 꽂힌 링거 바늘을 바라보았다.

"밥 먹고 합의금이나 생각해둬요, 영양실조니 정신적 스트레스니 전부 사고랑은 상관없는 것 같으니 괜히 사기 칠 생각은 말고요."

여자의 말들이 이어지고 전복죽이 진해지는 냄새를 맡으며 혜은은 소파에 누워 눈을 감았다.

# 9

전시회를 마감하고 아진은 y와 저녁식사를 했다.

레스토랑 입구에서 이름을 말하는 y의 얼굴이 느긋하고 편안했다. 평소에 y와 자주 오는 곳이다. 이곳에서조차 y와 아진을 보는 시선이 달갑지만은 않다. y는 그런 시선에 은근한 자부심마저 느끼곤 했다. 예약된 자리에서 y는 의자까지 빼주는 친절을 보였다.

y는 스테이크를 썰어 입에 넣을 때마다 우아한 미소로 아진을 바라보았다.

"이번 전시 결과가 정말 좋아. 그렇지?"

아진은 끄덕여 보였다.

"이게 다 김지석 씨 덕분이지. 짧게 썼는데도 그렇게 영향을 크게 미치다니."

〈주간미술〉에 아진의 전시 소개와 함께 간단한 평론이 실렸는데 평론지로는 예외적으로 호의적인 기사였다. 기사가 실린 후 전시회에 미술계 잡지 기자니 작가니 관련 사람들이 많이 찾아왔다고 한다. 그림이 다 팔린 것은 물론이고.

y는 잠시 아진의 표정을 힐끗거렸다.

"김지석 씨 만난 적 있어?"

냅킨으로 입을 닦으면서 y가 물었다. 짐짓 시선을 다른 곳으로 돌린 채.

"아뇨. 연락은 왔었어요, 인터뷰하고 싶다고."

y가 눈을 과장되게 크게 떴다.

"그거 잘됐네. 그 양반이 너한테 신경을 많이 쓰는군."

y는 빵에 버터를 발라 아진에게 건넸다.

"고마워요."

y에게서 빵을 받아들며 아진이 말했다.

입을 우물거리며 y가 말을 골랐다.

"무슨, 할 말 있어요?"

y는 샐쭉한 표정을 짓더니 고개를 저었다.

"아무래도 상관없어, 나는."

아진은 잠시 멍한 표정으로 y를 바라보았다. 이내 고개를 숙이고 빵을 먹었다.

"그런 거 아니에요."

"상관없다니까……"

말끝을 흐리면서 y는 다시 우아한 표정을 되찾았다.

"만나서 잘 해. 〈주간미술〉에 인터뷰 잘 실리면 두고두고 좋을 테니까."

아진은 다시 y를 가만히 응시했다. 이번엔 y가 고개를 숙이고 빵을 집어들었다.

보라색 꽃.

작업실에는 덩그러니 보라색 꽃 하나가 남아 있다. 작가 소장도 하나쯤 있어야 하지 않느냐고 y에게 우겨서 가져온 그림이었다. 이 그림에 고액을 부른 사람이 있다며 y는 펄쩍 뛰었지만 아진이 차에 싣고 와버렸다.

마지막까지 손을 보느라 전시홀 구석에 걸린 그림 속 꽃은 데이지였다. 자꾸만 고쳐보아도 마음에 들지 않았다. 연분홍색으로 시작한 데이지가 나중엔 진보라색이 되었다. 물감이 두껍게 덧발라져서 꽃은 두툼한 무게를 지녔다.

아진은 꽃을 만졌다. 채 마르지 않은 물감. 아진의 손가락에 살짝 보라색 물감이 묻었다. 손으로 찬찬히 물감을 펴 발랐다. 힘을 주어 굳어가는 물감을 뭉갰다. 하얀 바탕에도 보라색 물감을 묻혀서 꽃의 경계를 없앴다. 가느다란 꽃술도 그 모양을 잃어버렸다.

난삽하게 퍼진 보라색.

이젠 아무것도 알 수 없게 되었어, 아진은 그림을 벽에 걸면서 중얼거렸다.

# 10

여자는 지갑에서 돈을 꺼내 탁자에 올려놓고 있었다.

아침에 씻고 나오던 혜은과 눈이 마주쳤다. 여자는 밥 굶다 병나면 치료비가 더 드니까, 라며 잠시 머뭇거리다 그대로 집을 나섰다.

혜은은 돈을 들고 우두커니 거실에 서 있었다. 꽤 많은 돈이었다.

베란다로 가서 아래를 내려다보았다. 지하주차장에서 나온 여자의 차가 오피스텔을 빠져나가고 있었다. 미끈하고 유연하게.

시장은 활기찼다.

도심 속에 이런 공간이 아직도 존재한다니 신기했다. 좁은 골목 양편으로 손바닥만한 가게들이 들어서 있고 길의 중앙에도 리어카들이 줄을 서 있었다. 상인들이 모두 차지하고 얼마 남지 않은 공간을 바쁘게 움직이는 사람들. 온갖 소리와 온갖 냄새.

리어카 위에 올라간 중년의 남자는 목청을 돋워 지금이 아니면 기회가 없다고 소리쳐댔다. 그 말에 몇몇 아줌마들이 발을 멈추고 리어카에서 손을 바삐 움직여 옷을 골라들었다. 비린내가 흘렀다가 달콤한 양념 냄새가 질세라 뒤덮었다. 앞치마에서 돈을 꺼내 세는 상인들의 입에 욕설이 담겼다.

혜은은 구제품 가게로 들어섰다.

싱싱한 시장의 들뜬 공기가 순식간에 무겁게 가라앉았다. 학생주임 선생이 갑자기 들어선 시끄러운 교실처럼. 혜은은 침잠한 공기가 훨씬 편안하다고 느꼈다. 손때 묻은 옷들이 파란 철사 옷걸이에 걸려 나름의 자존심을 세우고 있었다.

낡은 갈색 정장이 눈에 들어왔다. 오래 입어서 팔꿈치 부분이 하얗게 닳아 있었다. 혜은은 어깨 부분의 터진 솔기를 만졌다. 엉성하게 꿰맨 실이 더 버티지 못하겠다는 듯 밖으로 모습을 드러냈다. 다른 구제품들이 지키는 마지막 자존심마저 중요하지 않다는 듯이.

혜은은 그 옷을 들어 오래도록 바라보았다. 해지고 닳아버린 옷을 찬찬히 살폈다. 이제 모두 사그라진 욕심 역시.

권태롭게 혜은의 손길을 바라보던 가게 주인은 혜은이 골라온 옷을 보더니 다시 한번 혜은의 얼굴을 쳐다보았다. 입을 떼었다 닫더니 봉지를 챙겨 얼른 혜은의 손에 들려 보냈다. 피로한 얼굴에 잠시 표정이 실렸다.

혜은은 낡은 정장이 담긴 봉투를 들고 시끄러운 시장 골목을 지났다.

돌아오는 골목에는 할머니들이 제각기 작은 보자기와 채반들을 깔아놓고 앉아 있었다. 작은 보자기 위에 올려진 할머니 손만큼이나 오그라든 나물들이 혜은의 발길을 붙잡았다.

마른 고사리. 고사리는 생기를 잃어버리고 말라서 뒤틀려 있었다. 얼마간 지니던 물기와 윤기도 모두 빼내버린 죽어 있는 듯한 짙은 갈색. 혜은은 할머니 앞에서 쭈그리고 앉아 고사리를 만져보았다. 손에 든 해진 갈색 정장이 꿈틀거리는 것 같았다. 잔뜩 몸을 오그라뜨린 고사리의 표면은 빳빳하게 굳어 있었다.

"그거 손이 얼마나 간 건지 몰라."

할머니는 혜은의 말을 듣지도 않고 봉지를 꺼냈다. 물에 데쳐서 채반에 두었다가 잔털까지 말린다고 손으로 하나하나 비볐다며 고사리 한 움큼을 집어서 봉지에 넣었다. 볕 좋은 곳 찾아다니며 말리랴 겹쳐지거나 날아가지 않도록 내내 지켜보랴 여간 힘들지 않다고 덧붙였다. 마른 고사리가 서로 부딪혀 바스락거리는 소리를 내며 봉지에 담겼다.

고사리는 촉촉한 게 맛있지 않나, 혜은은 얼떨결에 봉지를 받아들며 혼잣말을 중얼거렸다. 그 말을 들었는지 할머니가 손사래를 쳤다.

"이제 곧 겨울인데 겨울 맞을 준비가 어디 그래 쉽나. 겨울엔 이런 나물도 귀해서 가을볕에 다 말려두었다가 겨울철에 먹는 거지. 요즘은 비닐하우스다 뭐다 해서 아무 때나 먹을 수 있지만 그래도 제때 제 볕 받고 자란 것만 못해. 이렇게 볕에 바짝 말려두면 쫄깃하니 맛이 얼마나 좋은데. 몸에도 더 좋아."

혜은은 봉지를 벌려 고사리를 바라보았다. 파리하게 여윈 손가락 같았다. 윤기와 생기를 버리려 좋은 햇볕에 정성스레 말린 나물. 척박한 겨울을 맞는 준비라고 했다. 쌀쌀한 바람을 느끼며 혜은은 봉지를 여며 들었다.

# 11

빨간색 립스틱을 덧바르는 손에 힘이 들어갔다.

타이트한 짧은 치마에 망사스타킹을 신었다. 가슴이 깊게 패인 블라우스는 벨벳 소재가 덧대어져 한층 더 비밀스런 느낌이 들었다. 귀에는 색색의 보석이 잔뜩 박힌 귀걸이를 치렁치렁 매달았다. 조명이 닿을 때마다 부서질 듯 화려하게 반짝였다.

악어가죽 핸드백을 골라들었다. 빨간색 가죽이 반질반질 윤기가 났다. 같은 색의 하이힐에 발을 넣으려다 아진은 다시 방으로 들어갔다.

화장대를 뒤져 손톱칼과 매니큐어를 꺼내 손톱을 다듬고 정성스레 빨간색을 칠했다. 매니큐어가 마르길 기다리며 아진은 거울에 비친 자신을 바라보았다.

"나는 가벼워 보이는 여자가 정말 싫어, 천박하게."

미간을 찌푸리던 지석.

파마를 하려고 해도, 무릎 위로 올라간 치마를 입으려 해도 지석은 눈살을 찌푸리며 꼭 그래야겠냐고 물었었다. 물론 꼭 그래야 할 이유는 없었으므로 아진은 긴 머리를 차분하게 드라이하고 A라인의 단정한 치마를 입었다. 거울에 자신을 비추어보며 늘 지석의 웃는 얼굴을 기대했었다. 화장기 없는 얼굴이 그를 만나러 가는 길에 설렘으로 번져갔다. 아무 말 없이 잠자코 밥을 먹는 그를 바라보면서 아진은 드라이한 자신의 머리를 매만졌었다. 결국 그는 웃지 않았다.

아진의 검은 마스카라 위로 은회색 펄이 반짝이고 있었다. 아진은 거울에 바싹 다가가 화장을 꼼꼼히 들여다보았다. 얇게 그려진 눈썹이 맘에 들었다. 아진은 눈썹을 움직여 표정을 만들어보았다.

요란스럽게 치장한 아진을 보며 지석은 여전히 미간을 찌푸리며 꼭 그래야겠냐고 물을까.

나는 변했어, 이전에 당신이 기억하던 내가 아냐, 아진은 거울을 바라보며 차갑게 말을 뱉었다. 턱을 들고 눈을 내리깔았다.

"당신을 지워버린 지 오래야."

아진은 매니큐어가 마른 것을 확인하고 차 열쇠를 꺼내들었다.

지석은 창밖을 바라보며 담배를 물고 있었다.

담배연기를 빨아들일 때 드러나는 신경질적인 눈가의 주름. 어두운 바에서 그의 얼굴에 비친 조명이 얼굴 윤곽을 강하게 나타냈다. 짙은 피로가 비쳤다.

문이 열리는 소리에 고개를 돌린 그가 아진을 발견하고 손을 흔들었다. 지석은 담뱃불을 재떨이에 비벼 끄고는 마지막 남은 연기를 뱉었다. 대리석으로 장식된 바닥에 아진의 하이힐 굽이 부딪혀 날카로운 소리를 냈다.

아진이 의자에 앉자 지석은 다리를 바꿔 꼬고는 앞에 앉은 아진의 얼굴을 잠시 바라보았다. 그러더니 피식 웃음을 지었다. 아진은 핸드백에서 담배를 꺼냈다.

"네가 뜨는 이유가 역시 있구나. 이렇게 화려하게 꾸며놓으니까 딴 사람 같네. 다들 네 작품 욕하면서도 네 얼굴 한번 보려고 하는 이유를 알겠다."

지석은 슬몃 웃음을 띠고 고개를 내저었다.

아진은 예상과 다른 그의 반응에 당황하고 있었다. 담배에 불을 붙이려 라이터를 찾는데 자꾸 손이 엉겼다.

"자, 여기 불."

그가 라이터를 내밀었다.

너한테 불을 붙여주게 되다니. 지석은 한쪽 입꼬리를 올렸다. 그의 얼굴에 조금이라도 감정의 동요가 비치기를 기대했으나 그는 전혀 그런 틈을 내보이지 않았다.

느리고 끈적한 재즈 음악이 바에 가득 차 있었다.

"하지만 너는 붉은색이 안 어울려, 알잖아."

지석은 소파에 깊이 몸을 묻으며 말했다.

천장의 조명이 그에게 보다 정확히 비추었다. 얼굴의 주름 하나하나가 꿈틀댈 때마다 섬세한 그늘이 따라 움직였다. 그의 눈동자는 그늘 속 짙은 명암에 가려 잘 보이지 않았다. 다행이었다.

"인터뷰하시죠."

지석은 어깨를 으쓱하며 양손을 내밀어 보였다.

"지금은 아무런 준비도 안 돼 있는 걸."

주문부터 하지, 여유로운 미소를 입가에 머금고 지석은 웨이터를 불렀다.

"너는 블루사파이어지?"

아진이 지석을 노려보았다. 자신의 눈빛이 보다 세련되지 못함에 화가 났다.

그처럼 자연스럽게 상대를 짓밟을 수 있다면. 자꾸만 지난 일을 곱씹지 말고 여유로운 눈빛으로 그를 내려다볼 수 있다면. 아진은 담배를 하나 더 꺼내들었다.

지석은 웨이터에게 블루사파이어와 블랙러시안을 주문했다.

"그런데 너는 왜 늘 블루사파이어를 마셔?"

동네 어귀 어두컴컴한 바 어딘가에서 지석은 주문을 하고 칵테일이 나오기 전의 짧은 시간을 틈타 물었었다. 담배를 꺼내들면서 라이터를 찾는 모습에 이미 대답은 필요 없었다.

"거참 이상하단 말이야, 꼭 음료수 같은 걸 왜."

그는 신경질적인 주름을 만들며 담배를 빨아들였다.

그때 대답했던가. 당신을 가지지 못한 갈증 때문이라고. 흩어지는 담배연기를 바라보는 그의 시선을 좇아 아진은 산산이 흩어지고 있었다.

"인터뷰하지 않을 거라면 가겠어요. 다음 일정이 있어요."

블루사파이어와 블랙러시안이 나왔다. 짙게 침잠하는 블랙러시안과는 달리 블루사파이어의 투명한 파란색이 경박하게 느껴졌다.

지석은 잔을 들어 칵테일을 한 모금 머금고는 아진의 귀걸이를 바라보았다.

"y랑 만나기로 했나?"

지석의 말꼬리가 묘하게 올라갔다.

"뭘 그렇게 놀라. 이 바닥에서 y랑 너, 모르는 사람 있나?"

지석은 소파에 파묻었던 상체를 일으켜 테이블에 팔을 괴고 아진에게 얼굴을 가까이 가져갔다. 그의 갈색 눈동자가 아진의 눈에 닿을 듯했다.

"나도 꽤 괜찮잖아, 〈주간미술〉 편집장에 y보다는 훨씬 젊고."

지석의 은근한 눈길이 아진의 목 언저리에 와닿았다. 아진은 핸드백을 들고 일어섰다. 입술이 떨리고 있었다. 돌아서 나오는 아진에게 지석의 말이 엉겨붙었다.

"다시 연락할게."

바의 정문을 빠져나와 아진은 귀걸이를 빼서 계단 밑으로 집어던졌다. 다리가 휘청거렸다. 귀걸이에 붙어 있던 보석들이 요란한 소리를 내며 계단으로 굴러 떨어져 내렸다.

# 12

밤이 깊어가는 시간에 들어온 여자의 눈 화장이 번져 있었다. 현관문이 열리는 소리에 나가본 혜은과 여자의 눈이 부딪쳤으나 여자는 혜은에게서 이내 시선을 거두었다. 여자는 언제나 무표정했다. 슬픈 표정을 짓는 것도 보지 못했고 웃는 것도 보지 못했다.

하이힐을 벗은 여자는 그대로 욕실로 들어갔다. 여자는 그림 같았다. 잘 지은 병원이나 최고급 레스토랑에 걸어둘 만한. 세련되고 매혹적인. 모두의 주목을 끄는, 차갑고 도도한 원색의 그림.

샤워기에서 물이 뿜어져 나오는 소리. 혜은의 눈에도 물기가 어렸다.

분명한 얼굴 선과 기다란 눈매.

말로 꺼내지지 않고 잔뜩 굳어버린 감정들이 가득 고인 얼굴. 깊이 절망해서 차갑게 멈춰버린 표정.

여자는 주저앉아 있는 걸까. 물이 방울방울 바닥에 떨어지는 소리 외에 아무 소리도 들리지 않았다.

물소리 너머로 들릴 듯 말 듯 익숙한 탱고 선율이 스며들었다.

다음날 아침 일찍 눈을 뜬 혜은은 창문을 열었다. 공기가 차가웠다. 혜은은 얼마간 망설이다가 옷을 챙겨 입었다. 시간이 더 지나기 전에 그에게 다녀와야 한다. 혜은은 낡은 정장을 꺼냈다.

정장을 입고 현관의 전신거울 앞에 섰다. 나쁘지 않았다. 오래된 옷에 배어 있는 편안하고 익숙한 냄새가 마음에 들었다. 윤기 없이 갈라진 갈색 머리를 하나로 묶었다. 창백한 얼굴이 그대로 드러났다.

혜은은 여자의 닫힌 방문을 잠시 바라보고는 현관을 나섰다.

해가 뜬 후라 새벽의 한기는 조금 거두어졌다.

혜은은 걸음을 내딛을 때마다 아릿한 통증을 느꼈다. 지하철역에 다다르기까지 혜은은 자꾸만 걸음을 멈추었다. 심장에 물이 차오르는 것 같아서 혜은은 이를 악물었다. 울어서는 안 된다. 주저앉아서는 안 된다. 5년간을 에둘러온 길이다.

지하철역 앞에서 혜은은 고개를 숙였다. 보도블록의 회색이 요동쳤다. 어지러웠다. 그는 어디에 있는 걸까. 길 한복판에 주저앉은 혜은은 가만히 흐르는 눈물을 닦았다. 길을 잃어버린 것이 아니다, 아무리 되뇌어도 몸은 두려움으로 굳어서 움직여지지 않았다. 그는 어디에 있는 걸까. 혜은은 춤추듯 일렁이는 공기가 겁이 났다. 이렇게 복잡하고 시끄러운 곳에서 혼자라니. 그는 어디에 있는 걸까. 나를 잡아 일으켜줘, 길을 잃어버렸어, 혜은의 목소리가 공허하게 흩어졌다.

길을 돌아온 혜은은 집 앞 공원을 찾았다. 시장을 다녀오던 길에 눈에 들어왔던 널찍한 공원이었다.

입구에서 보니 나무가 우거져 숲처럼 어두웠다. 입구 부근에 밀집한 나무들 사이를 빠져나와 가족잔디밭이라는 팻말이 붙어 있는 잔디밭 앞 벤치에 앉았다.

입구의 숲이 만들어내던 서늘한 그늘과 달리 잔디밭에는

햇빛이 맘껏 들어와 있었다. 오래 관리하지 않은 듯 색이 빠진 잔디는 햇빛을 받아 퍼석하게 부스러졌다. 한여름 울창하게 잔디밭을 감싸고 있었을 숲은 이제 잔디밭을 둘러싸고 하나 둘 마른 가지를 드러냈다.

얼마나 앉아 있었을까.

공원으로 하나 둘 사람이 모여들기 시작했다. 기온이 꽤나 올라간 것으로 보아 오후 나절이 된 것 같았다. 둥그런 잔디밭의 반대편에 있는 벤치에는 연인들이 손을 잡고 조용히 서로를 바라보고 있었다. 아직 걸음이 서툰 어린아이를 데리고 나온 젊은 엄마가 조잘거리며 아이의 옹알이에 대답하고 있었다. 할머니들은 가방을 열어 도시락과 과일이 담긴 비닐봉지를 꺼내고 사내아이들은 머리를 양 갈래로 땋은 계집아이 하나를 놀려댔다.

계집아이가 참지 못하고 울음을 터뜨리는 것을 보고 있던 혜은의 이마에 빗방울이 닿았다. 혜은은 고개를 들어 하늘을 바라보았다. 어느새 하늘이 어둑해져 있었다.

흐린 하늘 밑으로 젊은 엄마가 아이를 둘러업고 종종걸음을 했다. 할머니들은 서둘러 봉지를 다시 가방에 담고 연인들은 붙잡은 손을 놓지 않고 벤치에서 일어나 밖으로 빠져나갔다. 순식간에 평화롭고 활기차던 공원이 텅 빈 채로 회색

빛이 감돌았다. 혜은은 다시 고개를 들어 흐린 하늘을 바라보았다.

후두둑후두둑 조금씩 굵어지는 빗방울이 혜은의 얼굴을 적시고 있었다. 하늘이 한층 밑으로 내려와 있었다. 혜은은 알 수 없는 편안함을 느꼈다.

비가 오는 날이면 재환은 술을 사서 집으로 오곤 했다.

평소에는 술을 즐기지 않던 재환이지만 비가 오면 술을 마시지 않고는 못 배기겠다고 했다. 흐린 구름이 낮게 드리운 날이면 혜은과 그는 재환을 기다렸다. 비가 오고 한 시간을 넘기는 법이 없었다. 재환은 이미 얼큰히 취한 채로 소주병이 달각거리는 검은 비닐봉지 하나를 손에 들고 혜은이 미리 열어놓은 양철 대문 안으로 들어섰다.

혜은과 그가 사는 방은 반지하에 있어서 비가 오면 금세 습해졌다. 이사 오는 날 그가 솜씨 좋게 바른 벽지도 반년을 버티지 못하고 눅눅해져서 우그러져 있었다.

습한 공기 속에서 셋은 소주를 나눠 마셨다. 안주도 없이. 무릎을 끌어안고 앉아서 술 한 잔을 먹고 텁텁한 공기를 들이마셨다.

가장 먼저 취하는 것은 재환이었다. 그리고 재환답지 않게 기다림에 관한 길고 긴 연설을 늘어놓았다.

기다림.

재환은 늘 술에 취하면 기다림에 관해 이야기했다. 기다림은 기대와는 전혀 다른 언어라고. 기대가 모두 부스러지고 아무런 희망도 남아 있지 않을 때에만 기다릴 수 있다고. 사람을 기다린다는 건 아름답거나 애달픈 일이 아니라고. 슬픔이 원망과 증오로 바뀌고 한없이 망가지는 자신을 버려두어야 가능하다고. 그건 끔찍하고 괴로운 시련일 뿐 사랑은 아니라고.

재환이 당시 누구를 기다리고 있었는지는 그도 혜은도 몰랐다. 너무 취해서 발음조차 부정확해져야만 꺼내는 이야기라 둘은 그저 듣기만 했다. 술을 깨고 나면 언제 그랬냐는 듯 말을 아꼈고, 다 털어놓으라고 추궁해도 언제나처럼 해실해실 웃기만 할 뿐이었다.

재환은 지금쯤 어디에서 술을 마시고 있을까. 습한 공기를 안주 삼아서 기다림에 관해 누군가에게 연설을 늘어놓고 있을까.

혜은은 나지막하게 소리 내어 날짜를 세어보았다.

이제 보름 남았다. 내일은 꼭 그에게 가야 한다. 빗방울이 눈에 들어가서 시야가 희붐하게 번졌다. 혜은은 눈을 비비고 일어나 다시 집으로 향했다.

# 13

아침이 막 시작되려는 새벽녘이었다. 아진은 허기로 비틀거리며 음반을 바꿨다. 프라하의 1집 앨범을 찾아 끼웠다. 초목이 가득한 들판처럼 아름다운 피아노 선율이 울려 퍼졌다. 산들바람이 노랗게 일렁였다. 거짓말, 아진은 작게 뇌까리고 방문을 열었다.

현관에 앉아 있던 여자가 흠칫 놀라 뒤돌아 아진을 바라보았다. 손질하지 않아 어깨 부분이 구겨지고 여기저기 닳아 해진 정장을 입고 현관에 웅크리고 앉아 있었다. 여자의 작고 마른 몸이 더 초라해 보였다.

여자의 눈이 크게 열려 반가움을 띠더니 곧 자리를 털고 일어났다.

"일어났네요."

여자는 앉아 있느라 구겨진 정장을 매만지며 말했다.

"어디 좀 다녀올게요. 배고플 테니 끓여놓은 죽 먹어요. 내내 굶다가 바로 밥을 먹으면 탈나니까 따뜻한 물 한 잔 천천히 먼저 마시고요."

눈을 맞추고 여자는 또박또박하게 말했다. 과장되게 허리를 펴고 있어서 옷의 주름이 더욱 불거졌다. 여자는 이내 몸을 돌려 밖으로 나갔다.

굽이 낮은 갈색 구두가 뭉툭한 소리를 내며 복도에서 빠져나갔다.

현관문이 열리고 닫히는 것을 보고 있던 아진은 물 한 모금을 마시고 작업실로 들어갔다.

아진은 신문지에 유화물감을 짰다. burnt umber. 짙은 갈색이다. 색을 띠고 있더라도 무채색처럼 무게감을 가지는 색을 아진은 잘 쓰지 않는다. 화사한 색을 주로 쓰는 터라 어두운 색의 물감은 대부분 새것으로 남는다.

테레빈유와 아마인유를 반씩 섞어서 접시에 담고 붓을 적셨다. 단단하게 굳어 있던 붓이 조금씩 부드럽게 움직이며 물감을 기다린다. 물감에서 아직 기름기가 덜 빠졌지만 아진은 그대로 붓을 물감에 묻혔다. 살짝 수건에 붓을 묻혀 기름기를 제거한 후 짙은 갈색이 잔뜩 묻은 붓을 들어 벽에 그림을 그리기 시작했다.

벽의 아래에서부터 천장에 이르는 키가 큰 난초.

짙은 갈색의 난초를 그리며 가느다란 이파리에 이르러서는 아진은 여자를 떠올렸다. 여자의 낡아버린 듯한 뒷모습이 생명을 모두 잃어버린 듯 아슬아슬 지탱하는 그것과 닮아 있었다. 생기와 표정을 잃어버린 뒷모습. 아진은 붓을 잡은 손에 힘을 주었다.

조용히 여문 난초의 꽃망울을 그렸다. 아진은 자신의 뒷모습을 떠올렸다. 그에게서 돌아섰을 때 자신은 반짝이는 귀걸이만큼 화려한 뒷모습이었을까. 뒷모습이 초라함을 드러내고 있었던 건 아닐까. 다시 연락한다는 그의 마지막 말의 끈적한 질감을 떠올리며 아진은 물감을 거칠게 발랐다.

저녁나절이 되어서야 난초는 벽면을 채웠다.

기진맥진한 아진은 난초가 차지한 부분보다 난초가 남겨놓은 여백을 바라보았다. 우두커니 혼자 벽에 그려진 난초. 외로운 갈색. 빛이 바랜 옛 사진처럼 아득하고 먼.

아진은 고개를 들어 밤색으로 영근 난초의 꽃잎 하나하나를 바라보았다. 힘들게 꽃을 피운다는 난초는 오랜 기다림에 비해 작고 수줍은 꽃망울을 틔운다. 난초를 길러본 적이 없는 아진은 오늘 하루 자신이 길러낸 난초가 꽃을 틔우고서야 그리 싱싱해 보이지 않는다는 것을 깨달았다.

몇 번의 전화벨이 울리고 지석이 전화를 받았다.

"이게 누구야? 너 전화 안 된다고 y가 나한테까지 전화를 했었는데."

과장되게 소란스런 목소리가 시끄러운 주변의 소음과 뒤섞여 있었다.

"잠시만, 나가서 다시 전화할게. 지금 작업 중이라."

지석은 대답을 기다리지 않고 전화를 끊었다.

아진은 붓을 씻으면서 전화를 기다렸다. 지석의 전화가 걸려온 건 한 시간도 더 지나서였다.

"미안해, 일이 바빠서. 딱히 전화 기다린 건 아니지?"

"바쁘면 나중에 전화해도 돼요."

아냐, 이제 괜찮아, 지석은 경쾌한 목소리를 내었다.

"너 그림 또 다 팔렸다며. 대단해 정말."

운전을 하면서 통화하는 듯 목소리가 밀폐된 공기의 탄력을 받아 울렸다.

"이러다 웨이팅 리스트 생기는 거 아냐?"

수화기를 통해 미세한 잡음이 아진의 귀에 울렸다.

"그때 못 한 인터뷰를 하려고 연락드렸어요. 지금 인터뷰 부탁하긴 늦은 건가요?"

"아니, 뭐 늦고 말고 할 게 있나."

"다행이네요. 그때는 갑자기 나와버려서 죄송했어요."

아진은 고개를 바짝 쳐들었다. 곧고 바른 목소리를 내야 한다. 아진은 목소리에 보다 여유를 실어서 말을 이었다. 초라한 뒷모습으로 기억될 수는 없다.

"이번에는 제가 좋은 곳에서 식사를 대접하죠. 제대로 인터뷰해주세요."

그는 호탕하게 웃고 그러자고 했다. 누가 봐도 자연스러운 대화였다.

"미룰 것 있어? 내일로 바로 약속을 잡지."

약속 장소와 시간을 정하고 아진은 전화를 끊었다. 마지막까지 정중한 인사말도 잊지 않았다.

아진은 술을 마시러 바에 앉았다.

와인의 코르크 마개를 따는데 왼편 주방에 올려져 있는 냄비가 눈에 띄었다. 와인 병을 그대로 셀러에 넣어두고 아진은 죽을 데웠다. 따뜻한 죽을 입에 떠넣으면서 아진은 지석의 목소리를 떠올렸다.

"서아진, 꽤 하는데."

아진은 소리 내어 말하고 죽을 삼켰다.

# 14

매서운 바람이 얼굴에 몰아쳤다. 가을이 깊어졌다. 낡은 가을 정장 탓인지 혜은은 자꾸만 몸을 떨었다. 이른 시간이라 출근하는 사람들로 지하철 역사가 붐볐다. 길게 줄을 서서 기다리는 사람들의 표정이 황량했다. 주머니에 손을 집어넣은 사람들이 지하철을 기다리다 가끔씩 손을 꺼내 입김을 불며 비볐다. 줄을 세우는 사람 없이도 기계처럼 열을 맞추어 서 있는 사람들에게서 혜은은 한 걸음 떨어져 있었다. 때문에 번번이 사람들로 꽉 들어찬 지하철을 타지 못하고 뒤처져 있었다.

계단을 내려오다 지하철이 도착한 것을 발견한 아줌마 한 명이 혜은까지 붙잡고 억척스레 밀어대는 통에 겨우 지하철에 발을 들였다. 고개를 돌리는 것조차 힘이 드는 좁은 공간에서도 흡사 곡예를 하는 것처럼 다들 음악을 듣거나 신문을 펼쳐들고 있었다. 옆 사람의 이어폰에서 새어나오는 미세한 음악소리와 신문을 넘기는 소리를 제외하고는 사람들로 가득 찬 지하철 안은 조용했다. 추워진 날씨에 감기에 걸린 듯 밭은 기침소리가 종종 들렸다.

환승하면서 혜은은 인파에 치여 우왕좌왕하며 어쩔 줄 몰랐다. 혜은은 두리번거리며 길을 찾다가 가방이 열려 있는 것을 발견했다. 지갑이 없었다. 어디에서 잃어버렸는지는 알 수 없었다. 혜은은 우선 인파에 몸을 실어 전철을 갈아탔다.

전철에서 내린 혜은은 역무원을 찾았다. 사정을 설명하니 혜은의 낡은 재킷을 슬쩍 본 역무원이 그냥 나가라고 눈짓을 했다. 혜은은 몇 걸음을 옮겼다가 다시 돌아와 역무원을 불렀다. 고개를 숙인 채 차비를 조금 꿔달라고 부탁했다. 역무원은 주머니에서 지폐 몇 장을 꺼내 내밀었다. 금방 돌려드리겠다고 말하며 감사하다고 연거푸 인사를 하는 혜은에게 역무원은 그만 가보라며 눈살을 찌푸렸다.

하늘은 맑았다. 가을 햇살이 아름답고 선명하게 혜은의 얼굴에 닿았다. 하늘의 푸른빛이 혜은을 재촉했다. 혜은은 발걸음을 빨리했다. 길을 건너 버스를 탔다. 다섯 명의 손님을 떨구어낸 버스는 텅 빈 채로 혜은을 맞이했다. 버스는 심하게 덜컹거렸다. 혜은은 의자의 손잡이를 움켜잡았다. 기사의 권태로운 표정과 상스러운 말이 혜은을 더욱 초조하게 만들었다. 작은 마을버스로 갈아타서는 두 손을 꼭 맞잡고 있었다. 정류장에 내리니 안내표지판이 눈에 들어왔다.

납골당은 숲 안에 들어서 있었다. 혜은은 주변을 둘러보았다. 공원이라 이름 붙여놓은 것처럼 쾌적하고 아늑했다. 도시와 완전히 분리되어 있는 듯했다. 파란 하늘과 녹색 숲, 하얀 건물. 어린아이가 그려놓은 수채화처럼 산뜻하고 밝았다. 깨끗하고 반듯한 건물. 순백색의 화강암이 가을 햇빛을 받아 반짝였다. 음침하고 그늘진 납골당을 상상하던 혜은은 현대식 건물에 오래도록 시선을 두었다.

천국홀. 그의 유골은 천국홀에 안치되어 있다고 했다. 복도는 건물의 외관만큼이나 깨끗하고 반질거렸다. 윤이 나는 복도의 벽을 혜은은 손으로 쓸어보았다. 차가운 냉기에 놀라 손을 떼었다. 천국도 이렇게 티끌 하나 없이 반짝거릴까. 하지만 손댈 수 없게 차가울까. 그가 머무는 곳은 언제나 온기로 가득했는데. 이렇게 차갑고 윤기가 도는 곳은 아니었는데, 혜은은 중얼거렸다.

꽃.

그의 유골이 안치된 곳으로 들어서자 화사한 꽃들이 눈에 들어왔다. 죽음을 담고 있는 곳이 이렇게나 밝고 화사하다니. 납골당에 오기 전에 혜은이 예상했던 신산한 느낌은 어디에서도 찾아볼 수 없었다. 사진과 유골함을 담은 추모단은 전면이 유리창이고 색색의 꽃으로 장식되어 있었다. 빽빽이 자리 잡은 꽃들은 슬픔을 화려하게 치장했다. 작은 추모단은 바깥 공기와 단절된 채 밀봉되어 있었다.

혜은은 시들지 않은 국화꽃 한 송이를 집어들었다. 온기가 느껴지는 듯했다. 무릎을 구부리고 추모단 하나하나를 손으로 더듬다가 그의 이름을 발견했다. 사진은 들어 있지 않았다. 하얀 항아리에 쓰여진 그의 이름. 공기가 짙은 푸른색을 띠며 가라앉고 있었다. 푸른 공기 사이로 농밀한 꽃향기가 스며들어 혜은의 숨을 틀어막았다.

혜은은 가만히 손을 들어 유리창을 만졌다. 이 안에 한 줌의 가루로 그가 웅크리고 있었다.

"미안해."

혜은이 그에게 손을 얹고 말했다.

"곧, 갈게. 너무 늦어서 미안해. 조금만 기다려."

유리창을 다시 한번 만지고 혜은은 몸을 일으켜 납골당을 빠져나왔다. 반질거리는 대리석 바닥과 곳곳의 꽃들이 혜은의 시선에 툭툭 걸렸다. 혜은은 동요하지 않으려 앞만 보고 걸었다.

걸어나오는 혜은을 목소리 하나가 부여잡았다. 필사적인 목소리가 화장터와 납골당을 둘러싼 푸른 공기를 깨뜨리려 멀리서 침묵을 헤집고 나왔다.

평소의 그답지 않은 비명에 가까운 절박한 소리로 혜은을 불렀다. 그 비명이 너무 작아서 혜은에게 와닿기도 전에 바스러지고 말았다. 혜은은 눈을 질끈 감았다. 부들거리는 손을 움켜쥐었다. 이유 없이 흐르는 눈물을 주먹으로 훔치며 혜은은 버스정류장에 섰다. 눈이 쓰라릴 정도로 울음이 터져 나와서 마구 흐르고 있었다.

혜은은 뒤돌아보았다. 그가 있었다. 입구까지 따라나와 기둥에 기대서서 울고 있었다. 혜은이 바라보자 그는 자리에 털썩 주저앉아 양손에 얼굴을 파묻고 울었다. 미안해, 미안해, 혜은은 눈물을 훔치며 저만치 떨어져 있는 그를 바라보았다.

그렇게 어린애처럼 울지 마, 미안해, 미안해.

# 15

"표지에 제 그림을 실어주세요."

담배를 문 채 녹음기를 귀에 대고 오늘 인터뷰의 녹음 상태를 확인하고 있던 지석이 눈을 돌렸다. 어이없다는 표정이었다.

"커버스토리로 제 인터뷰를 실어달라고 말하는 거예요."

"너 정말 몰라서 하는 소리야? 인터뷰 싣는 것도 말이 많아서 될지 안 될지 몰라."

녹음기를 내려놓은 지석은 참내, 하며 태연한 표정을 하고 있는 아진을 바라보았다.

"y 덕으로 두 번 전시회 하니까 네 그림이 정말 괜찮다고 느끼는 거야, 너?"

아진은 미소를 지었다.

"그러니까 부탁하는 거죠. 제 그림이 괜찮으면 이런 얘기 안 해도 커버스토리 따위야 어렵지 않을 테니까요."

지석이 흥미로운 표정을 지었다.

"부탁하면, 될 거라고 생각하는 거야?"

"그러면……"

살짝 내리깐 속눈썹에 기교를 담았다.

"안 된다고 말씀하시는 건가요?"

눈을 들어 바라보지 않아도 지석의 눈빛을 느낄 수 있었다. 아진은 태연하려 탁자를 응시했다.

지석의 차에서 둘은 한마디도 나누지 않았다. 밀폐된 차 안의 공기가 숨을 조였다. 지석은 음반을 틀었다.

아스토르 피아졸라의 marron y azul이었다. 격정적인 리듬이 순간 몰아치다가도 부드럽게 잔잔해지며 이어지고 있었다. 숨막히는 긴장감은 극대화되어 곧 터지기 직전의 아슬아슬한 아름다움을 발하며 연주되고 있었다. 까치발을 디디고 걸어가는 듯 경쾌하면서도 곧 무너질 듯 애타는 음악이었다.

"서 작가님은 탱고 음악 들으시나?"

분위기를 바꾸려는 듯이 빙글대며 지석이 말을 꺼냈다. 아진은 입을 다물었다. 아직도 탱고 음악을 듣는군요, 라고 말하려던 찰나였다.

"난 탱고 음악 좋아해. 이 모순적인 격렬함이 좋아."

아진은 고개를 돌려 창밖을 바라보았다. 매끈하게 대답할 만한 말이 떠오르지 않았다. 아진의 대꾸가 없자 그도 입을 다물었다. 피아졸라의 탱고 선율이 다시 한번 둘을 감쌌다.

지석은 창문을 열지 않았다.

대로변 쪽의 방을 주문해서 들어서자마자 창문을 열곤 하던 그였다. 벗은 몸이 보일까 이불을 그러잡고 창문을 닫으라고 하면 지석은 익살스런 표정으로 창문을 더 활짝 열었다.

"짜릿하고 좋잖아. 꽉 막힌 곳에서는 섹스할 맛이 안 난다고."

지석은 창문을 열어놓은 채로 아진에게 들어오곤 했다. 아진은 이불을 붙잡고 발길질을 하며 저항하다가도 깔깔대며 막무가내인 그를 끌어안았다.

지석은 모텔 방에 들어서자마자 환기를 위해 열어두었던 창문을 닫고 커튼을 여몄다. 침대 옆 간접조명의 주홍빛이 어두운 실내를 더욱 은근하게 만들었다. 아진은 그의 가슴을 부드럽게 밀쳐 침대에 눕혔다.

그의 셔츠 단추를 하나씩 푸는 것을 그가 다 기다리지 못하고 아진의 니트 속으로 손을 집어넣었다. 손길을 기억하고 아진의 유두가 도드라졌다. 지석은 아진을 눕히고 아진의 니트를 거칠게 벗겼다. 아진의 몸이 드러났다.

지석은 곧장 아진에게 들어왔다. 젖어들지 않은 아진의 성기가 쓰라렸다. 지석의 성기가 아진의 속에서 더욱 단단해졌다. 아진은 허리를 유연하게 움직여 그가 더 깊이 들어올 수 있도록 도왔다. 그의 신음소리가 밭아졌다. 아진은 몸을 웅크려 지석과 몸을 더 밀착시켰다. 아진의 붉은 립스틱이 그의 어깨에 닿았다. 그가 반사적으로 아진에게서 몸을 뗐다.

"몸에 흔적은 남기지 마."

아진은 몸을 돌려 지석의 위에 올라탔다.

"그런 거야 걱정 말아요, 나는 프로니까."

지석이 거친 숨을 내쉬면서도 피식 웃음을 지었다. 지석은 두 손을 깍지 껴서 머리 밑에 두고 아진의 상체가 움직이는 것을 보았다.

"그쪽이야말로 내 몸에 아무것도 남기지 말아요."

아진은 성기를 조여 지석을 강하게 붙잡으며 말했다. 지석은 살짝 얼굴을 찡그리며 아진을 향해 손을 뻗었다. 그는 다시 몸을 돌려 아진을 배로 눌렀다. 아진의 목을 깊이 끌어안은 지석은 속삭였다.

"여전히 매력적이야, 너와의 섹스는."

아진은 함께 속삭이려 했으나 더 이상 말이 나오지 않았다. 탱고 음악이 들려왔다. 울음을 감추려 아진은 더 거칠게 교성을 내었다. 아진의 교성과 함께 격하게 몸을 움직이던 지석은 짧은 탄성과 함께 아진의 안에 뜨거운 용액을 뱉어냈다. 지석은 성기를 빼내 티슈로 닦았다.

"너 피임은 하지?"

지석이 선반에서 타월을 집어들며 말했다. 그는 피곤한 듯 천천히 걸음을 떼어 목욕탕으로 들어갔다. 샤워기에서 물소리가 뿜어져 나왔다. 아진은 이불을 손으로 그러잡았다. 눈앞에 지석이 집어던진 티슈가 나뒹굴었다.

여전히 격정적인 선율의 탱고 음악이 귀에 울렸다.

# 16

꿈을 꾸었다. 혜은은 놀라서 잠에서 깨었다. 너무 행복해서 꿈속에서도 자꾸 현실이 아닐 거라 의심하다가 눈을 떴다.

새벽녘. 숨막히는 적막과 무거운 공기. 혼자라는 게 이렇게나 무서운 것인지. 즐겁고 밝고 환하던 꿈은 의심하던 대로 현실이 아니었다. 현실은 이토록 어둡다. 가슴께가 뻐근해왔다.

싸늘하게 굳어오는 외로움. 가위 눌린 듯이 꼼짝할 수 없게 만드는 그의 부재.

방문을 열고 나오니 거실엔 여자가 앉아 있었다. 바에 앉아 있는 뒷모습. 여자는 흐트러짐이 없었다. 와인 잔을 들어 입으로 가져가는 세련된 손짓. 정물화 같은 여자의 아름다움에서 혜은은 알 수 없는 연민을 느꼈다.

혜은은 소파에 앉았다.

"와인, 좋아해요?"

여자가 혜은의 기척을 느꼈는지 물었다.

"마셔본 적이 없어요."

여자는 고개를 돌려 혜은을 바라보았다.

화장을 지우지 않은 얼굴이었다. 검고 긴 속눈썹이 짙게 드리운 눈매가 길고 서늘하고 아름다웠다. 눈을 똑바로 바라보고 이야기하면 눈 속으로 빨려들어갈 것만 같았다. 붉은색 립스틱이 새하얗고 또렷한 얼굴 선과 어우러져 도발적이고 현대적이었다. 혜은은 여자의 얼굴이 매우 아름답다고 느꼈다.

여자는 와인 병과 잔을 들고 소파 쪽으로 걸어왔다. 탁자에 병과 잔을 두고서 바에 가서 잔을 하나 더 꺼내왔다.

여자가 혜은의 옆에 앉았다. 이미 볼에 발그레한 기운이 올라 있었다.

"술 먹을 수 있긴 해요? 뒷감당 못 할 것 같으면 먹지 말고."

여자는 무표정하게 혜은에게 잔을 내밀었다. 혜은은 잔을 받아들면서 웃어 보였다.

"이젠 많이 괜찮아졌어요."

혜은은 대답하고는 고개를 돌려 창밖을 바라보았다.

베란다 커튼 사이로 밤의 빛들이 보였다. 새벽이라 짙어진 어둠조차 도시의 빛에 몸을 웅크리고 있었다. 화려한 색들이 뭉그러지고 있었다. 혜은의 시선이 베란다에 가 있는 것을 느꼈는지 여자는 혜은의 잔에 와인을 따르고는 베란다로 가서 커튼을 젖혔다.

도시의 밤.

밤은, 저물지 않는 색들로 가득 차 있었다. 어둠 속에서 더 진한 향을 내뿜는 것은 어둠을 두려워하지 않는 빛의 조각들이다.

여자는 돌아와 소파에 몸을 묻고는 말했다.

"도심 한가운데 있는 거 이럴 땐 참 좋죠."

낮엔 참기 힘들어도, 여자가 조그맣게 덧붙이며 와인을 마셨다.

혜은은 창밖을 가만히 바라보았다.

서울의 밤은 너무 붉어서 밤 같지가 않아, 그는 툴툴대곤 했었다. 서울에서 태어나 자란 혜은은 고개를 갸우뚱거릴 뿐이었다.

"저렇게 검은데 뭐가 붉어?"

그는 혜은을 보며 안타까운 표정을 지었다.

"너는 진짜 밤을 몰라."

"진짜 밤?"

그는 말을 꺼내려다가 문득 굉장한 것이 떠올랐다는 듯 눈을 반짝였다.

"진짜 밤을 보여줄게, 지금."

들뜬 목소리로 그가 혜은의 손을 이끌었다. 막차시간을 놓치겠다며 서두르는 그의 얼굴에 생기가 돌았다.

"정말 검다!"

밤바다를 보며 혜은은 탄성을 내질렀다.

"그냥 검다고 말해버리기엔 아깝지."

어둠 속에서 그가 말했다.

혜은은 끄덕였다. 풍부하고 아름다운 흑색이었다. 벨벳처럼 부드럽고 흑단처럼 진했다. 모든 것을 집어삼키면서도 눈부시게 반짝였다. 한없이 빠져들어갈 시간과 공간을 끌어안고 있었다. 너무 진해서 취할 것만 같은 칠흑이었다.

혜은은 넋을 잃고 앞에 펼쳐진 아름다운 흑색을 바라보고

만 있었다.

그가 뛰기 시작했다. 그의 손에 이끌려 혜은도 덩달아 뛰었다.

"어디까지 가려고?"

"끝까지!"

썰물이라 바닷물이 한참을 머물러 있었다. 어둠 속에서 혜은과 그는 끝을 향해서 뛰고 또 뛰었다. 신발이 벗겨지고 질퍽한 갯벌 진흙에 발이 빠졌다. 부드러운 진흙이 발을 어루만졌다. 이유도 없이 깔깔대며 웃었다. 어둠 속에서 웃음소리가 맑게 퍼졌다.

그렇게 뛰다 숨이 차올라 혜은이 주저앉았다. 그도 따라 앉았다. 그가 숨을 크게 들이쉬었다 내쉬며 갯벌에 드러누웠다.

"자, 누워봐."

혜은은 조심스레 몸을 눕혔다. 차가운 진흙 속으로 몸이 쑥 들어갔다. 그는 혜은의 손을 꼭 잡았다. 차가운 진흙과 서늘한 공기 속에서 맞잡은 손의 온기가 추위를 녹였다.

"우리는 칠흑 속에 있는 거야. 그 아름다운 끝에 와 있는 거야."

혜은은 눈을 떴다. 눈 안으로 후드득 별들이 떨어졌다. 아름다운 끝에 가득히 별들이 매달려 있었다. 칠흑이 온통 검으면서도 어떻게 반짝임을 끌어안고 있는지 알 것 같았다. 혜은은 눈이 부셔서 잠시 눈을 감았다.

"업어줄까?"

돌아오는 길에 그가 말했다.

그의 등은 진흙으로 범벅이 되어 있었다. 꼭 끌어안고 얼굴을 묻으니 혜은의 얼굴에도 진흙이 묻었다.

"[illegible]을 것 같아."

혜은이 가만히 중얼거렸다.

"어디로?"

"돌아와야 할 곳으로. 너무 많이 떠돌다가."

"네가 돌아와서 기뻐," 웃음이 묻어 있는 목소리로 그가 속삭였다.

혜은도 얼굴에 진흙을 잔뜩 묻히고 웃었다.

여자가 자신의 와인 잔을 내밀었다.

어느새 술을 다 마신 여자가 잔을 내밀고 있었다. 혜은은 병을 들어 여자의 잔을 채웠다.

"이 집에서는 죽지 말아요."

혜은은 여자를 바라보았다. 여자가 술을 마시며 말을 이었다.

"그렇게 죽고 싶더라도 이 집에서는 죽지 말라고요. 송장

치우고 싶은 생각은 없으니까."

혜은은 피식 웃으면서 잔을 내밀었다. 여자가 와인을 따랐다.

옅은 분홍빛을 띠는 로즈 와인이었다. 달콤하고 깔끔한 장미향이 입 안에 퍼졌다.

"약속해요. 이렇게 맛있는 와인도 얻어먹었으니까."

혜은은 단숨에 여자가 따른 와인 한 잔을 다 마셨다.

"당신 보는 곳에서 죽어서 해를 끼치는 일은 없을 거예요."

"그 교통사고 한 번이면 충분하니까."

여자가 혜은에게 술을 더 따라주고는 일어나 베란다의 창문을 열었다.

술을 먹어서 그런지 덥네, 라고 중얼거리는 여자의 뒷모습이 유난히 정돈되어 보였다. 밤바람이 거실로 스며들어 왔다. 떠도는 빛의 향연들 틈에서 쉴 곳을 발견하지 못한 어둠 한 자락이 슬며시 바람과 함께 혜은에게 파고들었다.

# 17

y는 아진 앞에 사진 하나를 던졌다.

"외국의 무명 작가 그림이야. 꽤 괜찮은 그림인데, 시대를 잘못 타고났지. 그렇게 그려와. 컬러 톤이랑 스케치만 살짝 달리해서."

무심코 사진을 보던 아진이 고개를 들어 y를 바라보았다.

"지금 그리면 먹힐 것 같아. 어렵게 구한 거야. 우리나라 평론계에서는 알 리 없는 사람이니까 걱정할 건 없어."

"그게 무슨 소리인지……"

아진은 y의 얼굴을 빤히 바라보았다. y가 짜증스러운 표정으로 대꾸했다.

"너 똑똑한 애가 왜 그래? 무슨 말인지 못 알아듣겠어?"

아진의 얼굴에 열이 올랐다. 붉어진 얼굴을 들킬까 고개를 숙인 아진은 다시 사진을 바라보았다.

빨간색의 누드였다.

여자의 커다란 입과 성기가 붉은색으로 정면을 향해 되바라지게 벌어져 있었다. 풀어헤친 채로 꿈을 꾸듯이 내리뜬 눈은 타인의 누드를 바라보는 죄책감을 덜어내기에 충분했다. 헝클어진 머리칼과 함께 커다란 장신구들이 여자 몸이 지니는 관능을 빼앗고 있었다. 빨간색 하나로 명암을 달리해서 여자를 그려냈는데 육감적이고 관능적이다 못해 너무 적나라해서 거북할 정도였다.

"괜찮지? 더군다나 네가 그리면 더 시선을 끌 거야. 너도 이제 네 위치를 확실히 할 때가 됐잖아? 이 그림을 딱 보자마자 네 생각이 퍼뜩 나더라고."

y는 목소리에 힘을 주었다. 미처 뱉지 못한 가래가 목 안에서 끓고 있었다.

"사실 이제까지 네 그림이 애매했던 건 사실이니까. 뭐, 그만큼 뜬 것도 대단하다고 할 수 있지."

"저는 별로 마음에 들지 않는데요."

y의 얼굴이 일그러졌다.

"왜 또 그렇게 까탈을 부려? 꽃 그리는 것도 그만큼이면 됐잖아. 요즘 시대에 그런 꽃 그림이 먹힐 것 같아? 네 외모로 시선을 끌 수 있을 때 이런 그림 하나 터뜨려줘야 너도 나도 먹고 살 것 아냐."

아진은 다시 사진을 바라보았다. 그림 속 여자가 눈을 가늘게 뜨고 아진을 비웃듯 입을 벌리고 있었다.

"이런…… 그림이요?"

아진은 고개를 들고 y를 정면으로 바라보았다. y는 힐끗 아진을 보고 사진을 가리키며 말을 이었다.

"쉽잖아. 그런 식으로 빨간색, 파란색, 노란색, 색깔별로 그리고, 여자의 자세 좀 달리해서 그려봐. 색 내는 거야 너도 꽤 하니까. 대신에 그 그림의 강한 느낌을 죽이지 않도록 조심하고 말이야. 도발적인 원색 위주로 명암을 잘 넣어보라고. 여자 몸의 형태도 무궁무진하니까. 여자가 앉아서 다리를 벌리고 있을 수도 있고, 아니면 뒷모습으로 엉덩이를 내밀고 있을 수도 있잖아. 좀 더 섹시하게 말이야."

아진의 시선에 짐짓 멋쩍어진 y가 뒤로 넘긴 머리를 매만지며 말을 이었다.

"사람이건 그림이건 섹시하다는 건 매력적이라는 거지. 너무 적나라한 것 같기도 하지만, 너도 알잖아, 팝아트. 포르노가 아니라 팝아트라고 생각해. 그 선이나 터치 봐봐. 괜찮잖아? 싸구려가 아니라 예술인 거지."

아진은 잠자코 사진을 탁자에 내려놓았다.

"잘 생각해봐. 그거 나가면 대박칠 거야. 이제껏 너 무시했던 평론가들 눈치 볼 것도 없이 스타 작가가 되는 거지. 이 전시회는 작가 사인회도 대중적으로 열고 방송에 광고도 내보낼 생각이니까."

"모사 화가를 부르시는 게 낫겠네요."

아진은 자리에서 일어섰다.

y는 빙글대며 아진에게 다가와 탁자에서 사진을 집어 아진의 가방에 넣었다.

"한번에 승낙하진 않을 거라고 생각했어. 고양이 같은 네가 한번에 먹이를 덥석 물면 재미없지. 네가 아니면 이 그림은 다시 그려봤자야. 알잖아, 내가 왜 너한테 권하는지."

y가 아진의 귀를 만졌다. 아진은 y의 손을 뿌리치지 못하고 그 자리에 서 있었다.

"그만 가봐. 사진 다시 한번 잘 보고."

아진은 갤러리를 나섰다. 가방에서 y의 킬킬거리는 웃음소리가 들리는 듯했다.

차에 탄 아진은 백미러에 비친 자신의 얼굴을 보았다.

쌍꺼풀 없이 긴 눈은 많은 남자들이 동양적인 선의 극치라며 떠들어대던 것이었다. 얇고 날렵한 코 역시 다시 볼 수 없는 것이라며 눈을 떼지 못했다. 하얗고 매끈한 피부는 손을 대고 싶어서 안달이었다. 아진이 움직이면 모두가 숨을 죽인 채 아진을 바라보았다. 아진은 남자들의 주목에 익숙했다.

아진은 고개를 들어 눈을 내리깔고 거울을 응시했다. 자신을 스쳐간 남자들의 숨소리가 옆에서 들렸다. 욕정으로 짙어지는 숨소리. 먹이를 앞에 둔 짐승의 것처럼. 아진은 소름이 돋는 팔을 움켜잡았다.

아진을 한번 본 후로는 잊을 수가 없었다고 말하며 한 달을 따라다니던 미술잡지 기자가 있었다. 그는 기사를 약속하며 아진에게 접근했다. 몇 개의 평론으로 이름을 얻어서 꽤 높은 위치에 올라가 있던 남자였다. 풍부한 어휘를 구사하는 것으로 이름난 그는 온갖 미사여구로 아진의 아름다움을 찬양해댔다. 아진이 사람을 미치게 하는 빛을 가지고 있다고 했다. 남자의 거친 숨소리. 아진의 귀에 속삭이며 다리를 더듬던 뜨거운 손.

그가 아진에 대해 쓴 잡지 기사는 짧고 간단한 것이었다.

'미술계에서는 예쁜 축에 속하는 얼굴 덕분인지 알 수 없지만 그녀는 요즘 꽤나 주목받는 작가이다. …… 하지만 그녀의 얼굴과 사생활에 대한 무궁무진한 논의에 비하면 그녀의 작품을 기억하는 사람은 드물다. 그녀를 대할 때 작품을 기억해내지 못하는 죄책감이 드는 독자들이여, 그녀의 얼굴과 사생활이 예술의 일종이라고 여기고 우리가 기대하는 미술작가로서의 작품성과 진정성은 우리의 편견으로 여기자. 그녀가 원하는 것도 관객이 아니라 팬일지도 모른다. …… 그녀는 미술평론지보다 여성 월간지를 통해 데뷔하는 편이 더 어울렸을 것이다.'

아진과 섹스를 하고 나서 며칠이 지나지 않아서였다.

아진은 시동을 걸고 기어를 올렸다. 가방 안에는 붉은색의 장신구들로 몸을 치장하고 입을 벌리고 서 있는 여자의 누드가 있다. 아진은 가방을 노려보았다.

"내 그림을 보지 않은 건 너희야."

아진은 액셀러레이터를 밟았다.

# 18

여자는 고사리무침만으로 밥을 먹었다.

할머니가 말해준 대로 하룻밤 물에 담가놓은 뒤 압력솥에서 삶아낸 고사리는 양념장과 참기름에 볶아져 반짝거리는 윤기를 되찾았다. 탱탱하게 물이 올라 말리지 않은 고사리보다 더 부드러웠다. 여자는 고사리무침을 연신 집어들었다. 혜은은 밥을 먹다 말고 냉장고를 열고 나물통을 꺼냈다. 여자는 혜은이 고사리를 접시에 담는 모양을 물끄러미 바라보며 젓가락을 놓고 있었다. 혜은이 고사리무침을 다시 담아내오자 여자는 그제야 다시 밥을 먹었다.

"이름을 몰라요."

혜은이 말했다.

"네?"

여자가 젓가락질을 멈추고 되물었다. 긴장이 풀어진 눈빛이었다.

"그쪽, 이름을 몰라요."

"서아진이에요."

혜은은 고개를 끄덕이며 숟가락을 들어 밥을 떠서 입으로 가져갔다. 밥을 씹으면서 여자의 이름을 발음해보았다. 여자는 여전히 젓가락을 바쁘게 움직이며 밥을 먹는 데 열중하고 있었다.

"아진 씨, 합의금으로 백만 원을 주셨으면 해요."

여자는 다소 놀란 표정이었다. 아무 말도 되묻지 않고 그저 혜은을 바라보고 있었다.

"백만 원이면 너무 큰돈인가요?"

"아니, 큰돈은 아니지만……"

여자는 혜은의 얼굴을 빤히 바라보았다. 혜은은 용기를 내어 합의금 애기를 꺼낸 만큼 생각했던 말을 이었다.

"그러면 이번 주말까지 주셨으면 해요. 합의서 같은 건 따로 경찰서에 가서 작성해야 하나요?"

여자는 잘 모르겠다며 알아보겠다고 했다. 여자는 잠시 말이 없었다.

"돈 얘기하려고 밥까지 할 필요는 없었지 않나……"

고개를 숙인 채 밥 한 숟갈을 뜨던 여자는 말끝을 올리며 중얼거렸다. 생각을 하는 듯 옆을 바라보던 여자는 숟가락을 놓고 일어났다. 여자가 남긴 밥이 그대로 밥그릇에서 식고 있었다.

혜은은 여자의 닫힌 방문을 바라보았다. 남은 반찬들을 반찬통에 담으려다 음식물쓰레기 봉투를 꺼내 담았다. 여자가 남긴 밥까지 모두 버리고 혜은은 그릇들을 씻었다. 여자의 방은 조용했다. 음악소리가 들리지 않으니까 숨이 멎을 듯한 적요가 흘렀다.

그는 한참 동안 말이 없었다. 전화를 받는 그의 옆얼굴이 건조했다.

"집에는 들어가지 않을 거예요."

오랜 시간 후에 그가 딱딱하게 말을 뱉었다. 표정이 어두웠고 그답지 않은 단호한 말씨였다.

"아뇨, 바꾸지 마세요. 통화하고 싶지 않아요."

그는 그대로 전화를 끊었다. 전화벨이 다시 울리자 핸드폰 전원을 꺼버렸다.

"무슨 일이야?"

그는 대답하지 않았다.

"누군데? 아버지? 어머니?"

"아무 일도 아냐. 신경 쓸 거 없어."

그는 고개를 숙이고 다시 젓가락을 집어들었다. 그가 조용하게 밥을 먹는 모습을 보면서 혜은은 젓가락을 내려놓고 목소리를 높였다.

"무슨 일인데 그래? 나한테 말 못 할 일도 있어?"

그는 눈을 내리깐 채 묵묵히 밥을 먹었다. 혜은은 고집스레 그를 바라보고 있었다. 그는 식사를 다 마치고서야 고개를 들어 혜은과 눈을 맞추었다.

"혜은아."

혜은은 그의 다음 말을 기다렸다. 그는 잠시 사이를 두었다가 분명한 어조로 말을 이었다.

"우리 결혼하자."

"저기……"

문을 열었더니 여자는 예의 서늘한 눈초리로 혜은을 바라보더니 고개를 돌리고 말을 뱉었다.

"돈은 내일 주도록 하죠. 합의금을 주고 나면……"

"그게 아니라……"

여자는 다시 혜은을 바라보았다.

"다른 용건이 또 있나요?"

차갑고 건조한 얼굴. 혜은은 잠시 주저했다.

"남편 선물을 주고 싶어서요. 조금 있으면 남편 생일이에요. 선물을 해주고 싶어요."

"……"

"남편 생일이 남편 기일이기도 해요. 그날 선물을 주지 못했어요. 선물을 사려면 돈이 필요한데 저한테는 돈이 없어서……"

여자는 혜은을 빤히 바라보았다.

"그리고 당신에게도……"

"네?"

"당신에게도 선물이 하고 싶어서요."

여자의 시선이 잠시 멈칫했다.

"선물하기 위해 돈을 받는 게 좀 우습나요?"

"아뇨, 뭐…… 우습다기보다는……"

여자는 잠시 말을 찾다가 걸터앉아 있던 침대에서 일어났다.

"씻어야겠어요. 나중에 이야기하죠."

여자가 서둘러 혜은을 지나쳐 욕실로 들어갔다. 여자는 문

안쪽에서 소리쳐 말했다.

"아까 밥 남긴 건 미안해요. 맛있었는데 배가 불러서 그랬어요."

혜은은 가만히 고개를 끄덕였다.

"괜찮아요."

샤워기에서 뿜어나오는 물소리에 묻혀 혜은의 작은 말소리는 여자에게 들리지 않았다. 혜은은 여자 방의 침대시트를 매만져 정리하고는 방에서 나왔다.

# 19

"섹스 파트너를 두는 것도 나쁘지 않네."

지석이 침대에 누워서 말했다.

섹스를 마치고 옅은 피로가 깃들어 목소리가 나른하게 늘어졌다. 나이가 들었음에도 군살 없이 단련된 몸. 아진은 그간의 시간이 비껴가는 듯한 느낌이 들었다. 그가 잠든 후에 만져보곤 했던 등의 화상 자국이 떠올랐다. 그 자리에 그대로 있다면. 오돌토돌하게 손에 전해오던 그 자국이 거짓말처럼 사라졌을 것만 같았다.

"특히 너 같은 만인의 연인을 말이야."

지석은 과장되게 달콤한 목소리를 내었다.

"특히 결혼한 사람들한테는 섹스 파트너만큼이나 반가운

것도 없죠."

아진은 지석의 말투를 흉내 내며 살갑게 말했다. 지석의 얼굴이 살짝 일그러졌다.

지석이 말을 돌렸다.

"y한테 얘기 들었어. 너 누드 그린다며?"

지석은 꽤 익숙하게 아진의 몸을 쓰다듬었다. 예전 그대로의 손길. 아진은 몸을 일으켜 바닥에 떨어진 속옷을 집어 입었다.

"대단할 거라고 자랑이 여간 아니던데."

지석의 눈길이 아진의 몸을 훑었다. 다시 만면에 웃음을 띠고 있었다.

y가 하도 자랑해서 우리 잡지에서도 기대하는 바야, 눈을 고정시킨 채로 그가 덧붙였다. 그의 눈길을 더는 참지 못하고 아진이 옷을 걸쳐 입었다.

지석은 한번 더 아진을 끌어당겨 눕혔다. 지석의 눈이 더 이상 피할 수 없도록 아진을 묶었다. 지석은 방금 전 입은 아진의 옷을 벗겼다.

아진은 가만히 몸을 맡긴 채 천장을 바라보고 있었다. 거울로 된 천장이었다. 하나씩 옷을 벗길 때마다 드러나는 아진의 몸에 지석이 키스했다. 어깨에 지석의 입술이 닿았다가 허리에 닿고 다리에 닿았다. 아진의 하얀 팔다리가 감싸고 있는 그의 검은 몸은 탄력 있었다.

그의 곧은 등뼈가 거울에 비쳤다. 그의 머리가 목덜미를 덮고 있었다. 그가 몸을 움직일 때마다 근육이 함께 꿈틀거렸다. 타인의 정사 장면을 훔쳐보는 것만 같아 아진은 순간 아찔해졌다. 어깨부터 이어져 내려오는 근육이 그의 몸에 강한 곡선을 만들어내고 있었다.

그리고 화상 자국.

아직도 선명하게, 매끈한 등 한가운데 구겨진 듯이 일그러진 자국이 있었다. 아진은 손으로 그의 등을 잡았다. 오돌토돌한 감촉. 그가 잠시 멈칫했다.

무의식적으로 각인된 콤플렉스라고 말했었다.

내 눈으로 확인할 수 없는 부분이잖아. 그래서 일부러 의식하진 않지만 누구의 손이라도 등에 닿으면 몸이 움찔해. 같이 목욕을 하다가 지석의 등을 만진 아진에게 그가 말했다. 당신에게 그런 것도 있어요? 아진이 물어보자 그는 더 말하지 않고 대충 물을 끼얹고 욕실을 나갔다. 수건을 걸쳐서 등의 흉터는 보이지 않았다.

반듯한 그의 깊숙한 곳에 자리 잡은 흉터. 그 자신도 모르게 감춰놓은 내밀한 상처. 아진은 그런 것들을 그가 내보이길 원했다. 세련되지 못해도. 혹여 초라해질지라도. 그래서 그가 지켜왔던 것들이 무너져도.

아진은 지석이 자신을 붙잡아주길 원했다. 울면서 자신에게 매달리고 사랑을 호소하길 원했다. 확인받고 싶었다. 하지만 지석은 마지막까지 흔들리는 모습을 보여주지 않았다. 또렷한 눈빛과 분명한 말투로 이별을 받아들였다. 깨끗하게. 언제나처럼.

아진은 천장 거울에 비친 자신의 얼굴을 보았다. 초라했다. 곧 눈물이 떨어질 것 같은 눈은 원망과 갈구, 후회가 뒤섞여 탁한 빛을 발하고 있었다. 파르르 떨리는 입술은 아직도 그에게 사랑을 호소하고 있었다. 형편없다.

아진은 그를 밀쳐냈다.

"너는 여전하구나."

지석의 갈색 눈동자가 잠시 흔들렸다.

"……"

"조금도 변하지 않았어."

지석은 침대에 걸터앉았다. 고개를 숙인 채 잠시 말이 없었다. 그리고 바닥에 떨어진 옷을 하나씩 주워 입었다.

아진은 여전히 침대에 누워 천장을 바라보았다. 딱딱하게 굳어버린 여자의 나체가 비쳤다. 검은 육체를 가진 남자가 옷을 입는 모습이 비쳤다. 남자의 짧은 한숨과 머뭇거림이 비쳤다. 침대에서 일어나 나가는 남자의 침묵이 비쳤다. 거울에서 그의 모습이 사라지고 문소리가 들렸다. 발소리가 점점 멀어지고 있었다. 거울에는 고집스레 마음을 잠근 채 바들바들 떨고 있는 얼굴이 비쳤다.

# 20

여자가 준 합의금을 들고 혜은은 백화점에 갔다. 여자는 차로 데려다 주겠다며 엘리베이터까지 따라나왔다. 혜은은 손사래를 치며 여자를 들여보냈다. 닫히는 엘리베이터 문 사이로 여자의 표정이 보였다.

평일 낮인데도 백화점은 사람들로 붐볐다. 낡은 정장 때문인지 직원들이 친절하게 굴지 않아 혜은은 마음이 편했다. 몸을 구부려 유리 안 보석들을 꼼꼼히 살폈다. 이 백화점이 맞을 텐데, 혜은은 중얼거리며 눈을 크게 떴다. 화려한 보석들 가운데서 똑같은 디자인을 찾는 건 생각보다 어려웠다.

결혼이 행복한 결말이라면 얼마나 좋을까.

혜은은 마냥 키득대고 있었다. 그가 맨 나비넥타이가 장난스럽게 움직였다.

"신부가 그렇게 헤프게 웃으면 쓰나."

그가 시장에서 산 하얀 원피스의 소매를 매만져주었다.

"예쁘다."

그가 말했다.

"화관이 없어서 아쉽긴 해도."

혜은이 세차게 고개를 저었다.

"이 옷도 너무 예쁜걸."

"그래, 화관이 없어도 너무 예뻐."

그가 가만히 혜은의 얼굴을 어루만졌다. 손의 온기가 혜은의 볼에 전해졌다. 따뜻하고 부드러웠다.

"주례 선생님이 왜 이렇게 늦으실까?"

시계를 들여다본 그가 익살스럽게 말했다.

양철 대문이 삐걱 열리더니 재환이 부산스럽게 들어왔다. 어설픈 양복 차림이 눈에 설었다. 혜은은 웃음을 터뜨렸다. 재환은 한 손엔 케이크 상자를 들고 있었다.

"준비들은 된 거야?"

그가 고개를 끄덕였다. 그와 재환이 혜은을 향해 고개를 돌렸다. 혜은도 끄덕여 보였다.

"좋아, 그럼 시작하자."

재환은 케이크 상자를 내려놓고 자리에 앉았다. 작은 방이 셋의 체온으로 가득 찼다. 둘은 재환을 향해 몸을 돌려 앉았다. 혜은은 웃음을 참느라 고개를 숙였다. 재환이 그런 혜은을 제법 침착한 표정으로 흘겨보았다.

"음…… 그런데 이거 어떻게 해야 하는 거지?"

그가 웃음을 터뜨렸다.

"두 사람의 결혼을 선언합니다. 뭐 이렇게 말해야지, 엄숙하게."

"아냐, 그전에 물어보는 게 먼저잖아."

혜은이 끼어들었다. 본 건 많다며 핀잔을 준 재환이 헛기침으로 목소리를 가다듬었다.

"신랑은 평생 신부만을 아끼고 사랑할 것을 맹세합니까?"

"네."

그가 말했다.

"그럼 신부는?"

혜은도 웃으며 고개를 끄덕여 보였다.

"자, 이로써 철딱서니 없는 연인이 막무가내로 부부가 되었음을 선언합니다."

재환이 그럴싸하게 둘의 어깨를 잡았다. 혜은이 호들갑스럽게 박수를 쳤다. 재환은 씩 웃더니 몸을 돌려 등을 보이고 앉았다. 그가 빙긋이 웃고서 혜은에게 키스했다.

"됐냐?"

재환은 장난기 가득한 목소리로 소리쳤다. 대답을 기다리지 않고 다시 돌아앉은 재환은 케이크 상자를 내밀었다.

"주례 선생님이 직접 피로연까지 준비했다 이거지."

재환이 호기롭게 케이크를 꺼냈다. 재환의 손바닥보다 조금 큰 모카케이크였다. 작은 초콜릿 인형이 얹혀져 있었다.

"나도 선물이 있어."

그가 주머니에서 작은 상자를 꺼냈다. 상자 속에 든 건 반지였다. 아주 작은 보석이 박힌. 예쁘고 조용한.

"이 큐빅 꼭 진짜 다이아몬드 같다."

재환이 반지를 빼앗아 들고 눈에 가까이 대고 보면서 말했다. 혜은이 웃었다. 그가 눈을 흘기며 재환에게서 반지를 빼앗았다.

"진짜야. 마련하느라 힘들었어."

혜은의 눈이 동그래졌다.

"정말이야?"

"그래, 결혼예물이잖아."

그가 혜은의 손에 반지를 끼워주었다. 왼손 약지에 끼려니 반지가 작았다.

"뭐야, 작잖아. 혜은아, 그러게 살을 빼라고 했잖아."

재환이 고소하다는 듯 키득댔다. 하는 수 없이 혜은은 입을 삐죽거리며 새끼손가락에 반지를 꼈다. 그는 혜은의 손가락에 입맞추었다.

"아냐, 혜은이 너는 통통한 게 예뻐."

그가 혜은의 손을 꼭 잡았다.

"우린 결혼한 거야. 이제 네가 나의 보호자야. 내가 너의 보호자고. 내겐 너뿐이고, 너한테는 나뿐이야."

혜은은 웃었다. 그 하나면 충분하니까. 그에게도 나 하나면 충분하니까. 둘만으로도 세상은 완전하니까.

밤을 새워 셋은 피로연을 했다. 작은 방이 들뜬 목소리들로 가득 찼다. 혜은은 연신 깔깔대며 웃었다.

그때는 무엇이 그렇게 즐거웠던 걸까. 과연 무엇이 영원하리라 약속한 걸까.

"찾았다."

반가운 마음에 혜은은 소리 내어 말하며 반지를 가리켰다. 점원이 반지를 꺼내주었다.

"선물이에요, 아니면 직접 하실 거예요?"

"제가 할 거예요."

혜은이 반지를 손에 껴보는 모습을 지켜보던 점원이 말했다.

"새끼손가락에 끼실 건가 봐요."

혜은은 고개를 끄덕여 보였다.

"손가락이 이렇게나 말라서 새끼손가락에 끼시려면 따로 주문하셔야 해요."

잠시 망연한 표정이 된 혜은에게 서둘러 점원이 덧붙였다.

"오래 걸리지 않아요. 이틀이면 될 거예요."

그렇게 해달라고 하고 혜은은 백화점을 나섰다. 그가 선물했던 반지를 찾으면 약지가 아니라 중지에 껴야 할지도 몰랐다. 언뜻 시선을 돌려 바라본 쇼윈도에 바싹 마른 여자가 비쳤다. 심장이 먹먹해져서 혜은은 발걸음을 서둘렀다.

# 21

아무리 노력해도 도저히 어찌할 수 없는 것.

d는 그것이 당신이라고 했다. 당신을 사랑하는 것도 잊는 것도 노력으로는 어떻게 할 수가 없었다고. 사랑하지 않으려고 아무리 노력해도, 잊으려고 아무리 노력해도 도저히 불가능하다고 했다.

마지막이라고 사정해서 나온 자리였다. 단정하고 평범한 카페. 2층이라 창밖의 나무가 눈앞에서 가지를 흔들었다. 엷게 선팅한 창으로 플라타너스 잎사귀의 색이 한층 더 진하게 비쳤다. 짙은 갈색으로 물든 낙엽이 마지막 남은 찬란함을 다하며 떨어져 내리고 있었다. 아진은 d를 바라보지 않으려 창밖만 응시하고 있었다.

"나는, 아진 씨 포기 안 해요."

d의 목소리엔 여전히 물기가 서려 있었다.

"나는 늘 사랑하는 사람이 생기면 절대 놓치지 않을 거라고 생각했다고요. 죽는 한이 있어도."

"그건 너의 환상이……"

"그래요. 환상이죠."

d가 아진의 말을 끊었다.

"내 환상이에요. 내 꿈이었고."

d의 목소리는 떨리고 있었지만 단호했다. 아진은 고개를 돌려 d를 바라보았다. 눈길이 부딪쳤다. 아진은 이내 고개를 숙여 잔을 들었다. 커피의 쓴맛이 입 안에 감돌았다.

"그리고 당신을 사랑한 내 진심이기도 했고요."

d는 커피잔을 집었다. 잔이 받침에 부딪혀 달그락거리는 소리가 났다. 잠시의 침묵이 무거웠다.

"사랑하지 않으려고 했었어요."

d가 말했다.

"아진 씨를 사랑하면 내가 상처받을 거 같아서 사랑하지 않으려고 했다고요. 그렇게 차가운 얼굴을 하고 있는 사람을 좋아하면 나만 상처받을 거란 거 알고 있었어요."

"……"

"그런데 그만 당신이, 그런 당신이 불쌍해져 버렸어요."

"너, 지금 나를 동정하니?"

아진은 d를 노려보았다. d가 눈을 피하지 않고 마주보았다.

"그래요. 연민이 생겼어요. 너무 안돼 보였다고요. 당신, 차갑게 굳은 얼굴로 날을 세우고 있는 당신이 불쌍했어요. 그렇게 마음을 닫아버린 당신이 너무 외로워 보여서 내가 옆에 있어주고 싶었어요."

d는 한마디 한마디 힘을 주어 말했다.

"하지만 당신은 끝내 칼을 품고 있군요. 도대체 누가 당신에게 그런 상처를 주었는지는 모르겠지만 이건 복수가 아니에요. 그렇게 당신만 파괴하는 건 복수가 아니에요. 그렇게 칼을 품고 있으면 당신만 다쳐요."

d는 고개를 숙이고 긴 숨을 뱉었다.

"이제 그만 내게 돌아오면 안 돼요? 당신이 차갑게 마음을 닫고 있어도, 평생 나를 돌아보지 않는다 해도, 나 당신 외롭지 않게 곁에만 있을게요. 당신이 더 상처받지 않도록 지켜줄게요. 당신이 나를 사랑하지 않아도 괜찮아요. 그렇게 아파하는 당신을 보고도 나 모른 척 아무렇지 않게 살아갈 수가 없어요. 내가 상처받더라도 나 당신 쉽게 잊을 수가 없어요. 그러니 제발……"

d는 눈물을 떨구었다. 탁자 위로 깍지 낀 두 손에 눈물이 떨어졌다.

"착각하는 거 아니니?"

"……"

"주제넘게. 나를 지킨다고? 너, 나한테 필요 없어. 나는 너에게 가지 않아. 네 말대로 죽는 한이 있어도."

d의 얼굴이 참혹하게 일그러졌다.

"당신이 그렇다 해도 나는 내 사랑을 지킬 거예요. 당신이 틀렸으니까. 나는 당신과 섹스하는 것만으로, 외로움을 채우기 위한 것만으로, 당신을 만난 것은 아니었으니까. 외로운 건 도리어 당신이니까."

잠시 아진을 바라보던 d는 천천히 일어서서 몸을 돌려 나갔다. d가 남기고 간 커피향이 흐릿하게 아진에게 전해져왔다.

"당신은 사랑을 받을 줄도 모르는군요."

d가 돌아선 채 말했다.

아진은 창밖을 바라보았다. 바람이 얼마 남지 않은 잎사귀마저 모두 떨구고 있었다. 아진은 잠시 현기증에 눈을 감았다 떴다. 창문으로 손을 뻗어 창문가에 어린 자신의 얼굴을 만져보았다.

사랑을 받을 줄도, 사랑을 할 줄도 모르는 여자가 아진에게 손을 내밀고 있었다.

# 22

여자는 작업실에 있었다. 며칠째 작업실에 틀어박혀 나오지 않았다. 혜은은 작은 소리만 들려도 거실로 나가 여자를 확인했다. 작업실 문은 닫혀 있었다. 테레빈유 냄새가 문틈으로 새어나왔다.

오늘은 냄새가 혜은의 방까지 전해졌다. 저 안에서 여자는 무얼 하고 있는 걸까. 혜은은 불안한 시선으로 방문을 바라보았다. 다신 열리지 않을 것처럼, 닫힌 문은 굳건했다.

혜은은 화가 나면 밥을 먹다 말고 밖으로 뛰쳐나가곤 했다. 사소한 말다툼에도 혜은은 습관적으로 화를 냈다. 그가 아무 말 없이 혜은의 투정을 받아주면 혜은은 더 부아가 치

밀어 올랐다. 결국 젓가락을 소리 나게 내려놓고 밖으로 나갈 때까지 혜은은 화난 감정을 키우곤 했다.

혜은이 나가면 그는 조용히 그릇들을 정리하고 설거지를 했다. 혜은은 대문 밖에서 귀를 세우고 설거지하는 소리를 들었다.

소리가 잠잠해지고 얼마 후 그는 슬리퍼를 신고 나와 혜은이 열어놓고 나간 대문을 닫았다. 그가 나오는 소리에 혜은은 맞은편 담에 숨어 그가 대문을 닫는 모습을 지켜보았다. 절망하고 있는 눈과 손의 미세한 떨림도 놓치지 않았다. 그 모습에 혜은은 짐짓 마음이 풀려 입을 뾰로통하게 내밀고 양철 대문을 거칠게 열고 들어갔다. 그러면 작은 복도 겸 부엌에서 그가 설거지를 하다 말고 활짝 웃었다.

"미안해."

무엇이 미안한지, 무엇에 화가 났는지도 확실하지 않았다. 그는 늘 그렇게 말하며 고무장갑을 벗고 혜은을 안아주었다.

"오빠 때문에 밥도 제대로 못 먹었잖아."

못 이기는 척 다시 방으로 들어온 혜은이 괜히 멋쩍어 심술을 부렸다.

"밥을 다 버렸는데 어쩌지."

항상 반복되는 상황인데도 난처한 표정은 언제나 솔직하

게 배어 나왔다.

"그럼 우리 나가서 맛있는 거 사먹자."

그는 혜은의 손을 끌고 길가의 분식집을 찾았다. 저녁 해가 질 무렵의 서늘하고 쾌적한 바람. 툴툴대던 혜은의 어깨를 안아주던 손. 고춧가루가 뿌려져 있던 우동 두 그릇. 사이좋은 부부라며 농을 거는 아저씨의 걸걸한 말씨.

그런 것들이 좋아서 혜은은 밥을 먹다 말고 뛰쳐나갔는지도 모른다. 설거지를 하면서 기다리는 미소가 좋아서. 아무것도 탓하지 않고 안아주는 손이 좋아서.

혜은은 여자의 닫힌 문을 보며 그의 손을 떠올렸다. 따뜻했지만 절망하고 있던 손을. 문을 닫던 조용하고 긴 손을. 습관처럼 굳어버린 슬픔을.

혜은은 시장에 다녀왔다.

작지도 크지도 않은 생닭은 크림색 윤기가 돌았다. 오돌토돌한 피부에 물기를 머금고 있어서 혜은은 한눈에 그것을 골라잡았다. 닭을 받아든 혜은은 골목을 다니며 좋은 재료들을 골랐다. 가까이서 보고 이것저것 물어보고 조심스레 봉투에 담았다. 한아름 장을 본 혜은의 발걸음이 도리어 가벼워졌다.

찹쌀을 씻는 손에 닿는 물이 상쾌했다. 날렵하게 칼을 움직여 밤의 껍질을 벗겨냈다. 대추를 씻어서 물기를 털어냈다. 마늘과 생강을 손질했다. 양파와 대파를 썰었다. 맵싸한 맛이 혜은의 손에 닿았다. 닭의 뱃속에 찹쌀과 마늘을 꾹꾹 눌러 담으면서 혜은은 살짝 미소 지었다. 한껏 배가 부른 닭을 꼬챙이에 꿰는 손이 바지런하고 익숙했다. 도마 위의 재료들을 모아 냄비에 담았다. 찰랑, 하고 작은 일렁임이 가느다란 손에 닿았다.

불을 조절하며 끓이는 동안 혜은은 바에 앉아서 여자가 나오기를 기다렸다. 삼계탕이 익어가는 노란 냄새를 맡으며 혜은은 잠시 누군가에 대해 생각했다. 테레빈유 냄새가 조금씩 가시고 있었다. 여자의 방 안으로 폭신한 냄새가 전해질까? 혜은이 물끄러미 바라보는 동안 닭은 조금씩 고집을 버리고 흐물흐물해져 가고 있었다.

문을 두드려도 안에서는 아무런 기척이 없었다. 혜은은 문을 열고도 문고리를 계속 잡고 있었다. 여자는 캔버스 앞에 앉아 있었다. 여자가 그리는 꽃잎이 칼날처럼 날카로웠다. 여자는 가느다란 붓을 들고 있는 손을 멈추지 않았다. 혜은의 손에 땀이 배었다. 혜은은 마른 침을 삼켰다.

"괜찮으면……"

여자는 뒤돌아보지 않았다.

"식사를 같이 할까 해서요."

"생각 없어요."

여자는 간결하게 말했다.

"선물이에요."

느리게 돌아가는 테이프처럼 천천히 여자가 몸을 돌렸다. 메마른 시선에 표정은 없었다. 혜은은 잡고 있던 문고리를 놓았다.

"그때 말했었잖아요, 선물하고 싶다고……"

여자는 잠시 말이 없었다. 진득한 침묵이 흘렀다.

"잠시 밖으로 나와요. 먹지 않아도 좋으니까. 여기는 냄새 때문에 머리가 너무 아프네요."

혜은은 어색하게 웃어 보였다. 그리고 먼저 뒤돌아 문을 활짝 열어놓고 성큼성큼 주방으로 걸어갔다. 혜은은 부러 소리 내며 상을 차렸다.

숟가락과 젓가락을 탕탕거리며 놓은 혜은이 고개를 들자 여자가 식탁 의자를 빼내 앉았다. 여자는 컵에 담긴 물을 한 모금 마셨다.

"선물은 이거예요. 내가 제일 잘 하는 거."

혜은은 먹음직스럽게 삼계탕을 담은 그릇을 여자에게 내밀었다.

# 23

새벽.

물컹한 어둠이 발길마다 차였다. 아진은 걷고 또 걸었다. 하이힐이 삐걱거려 발목 언저리가 화끈대고 아팠다.

세련된 투피스와 미끈한 은색 하이힐. 몸의 라인을 드러내는 타이트스커트 때문에 아진의 걸음이 뒤틀렸다. 어둠에도 우아한 빛깔을 잃어버리지 않는 은색 하이힐은 아진을 휘청거리게 했다. 비틀거리며 아진은 걸었다. 쫓기는 사람처럼 자꾸만 뒤를 돌아보며 걸음을 서둘렀다.

새벽녘의 찬 공기가 가슴이 뻐근하도록 밀려들었다. 점점 호흡이 빨라지고 입에서 하얀 김이 새어나왔다. 핸드백을 잡은 손에 힘이 들어갔다. 아진은 걸음을 멈추고 무릎을 짚었다.

찬바람이 닿아 볼에 새빨간 실핏줄이 올라왔다.

아진은 뒤를 돌아다보았다. 한참을 걸었음에도 모텔 불빛은 여전히 선명하게 아진의 시선을 붙잡았다. 싸구려 불빛. 교외 호숫가에 위치한 모텔들은 현란한 불빛들을 호수에 쏟아냈다. 짙은 새벽 검은 호수에 글씨 하나하나가 또렷이 박혔다. 불야성처럼 번쩍이는 간판을 보며 아진은 역겨움을 느꼈다.

지석은 잠들어 있을 것이다. 아니, 깨어서 창가에 서서 필사적으로 도망치는 아진을 유유한 시선으로 내려다보고 있을지도 모른다. 그편이 지석에게 더 어울린다. 아진이 안간힘을 다해 도망쳐도 지석의 눈을 벗어날 수 없다는 데 생각이 미치자 아진은 치가 떨렸다. 이 새벽, 몸에 꼭 맞는 정장을 하고 뒤뚱대며 도망치는 여자의 모습은 얼마나 재미있는 구경거리인가. 지석은 한쪽 입꼬리를 올리고 새벽 커피의 여유를 즐기고 있을 것이다.

새벽에 깨어나 잠든 그의 얼굴을 바라보는 것이 왜 그토록 끔찍했을까.

깨지 않는 악몽의 연장처럼. 눈을 감은 그의 평온한 얼굴선과 그것을 바라보는 자신의 벗은 몸. 아진은 지옥에 와 있다고 느꼈다.

아진의 감정의 동요가 커질수록 그는 더 달콤한 잠에 빠져드는 듯했다. 행복한 꿈을 꾸는 듯 미소까지 지어 보였다. 언제나 이런 식이었다. 애가 타는 것도, 괴로운 것도 모두 아진의 몫이었다. 악을 써도 동요하지 않던 얼굴. 발을 구르고 소리를 질러도 지석의 목소리에는 균열이 생기지 않았다. 가버리라고 소리쳐도 다시는 나타나지 말라고 악을 써도.

팔을 들어 두 손을 그의 목에 갖다댔다. 단단하고 굵은 목. 그의 목 힘줄 하나도 끊어버리지 못할 가느다랗고 하얀 손.

너는 참 손이 예쁘다, 고 지석은 말했었다.

그때의 말투가 아직까지 아진에게 울림으로 남아 있다. 손이 예쁘다며 아진의 손을 들어 유심히 바라보던 지석의 눈길. 그때의 두근거림.

아진은 자신의 손을 바라보는 지석의 눈을 흘깃거렸다. 눈동자에 비치던 묘한 호기심. 섬세하게 전해지던 손의 촉감. 이 사람, 손이 차갑구나, 스쳤던 생각. 그래서 손을 살며시 잡았던가. 온기를 전하고 싶어서였다.

"너를 갖고 싶었으니까."

나중에 아진이 그때를 회상하자 지석이 아무렇지 않게 말을 뱉었다.

“네가 워낙에 도도해 보였거든. 그런데 생각보다 쉽던걸.”

호숫가에 아진은 털썩 주저앉았다. 찬이슬에 젖은 흙이 치마에 엉겨붙었다.

호수의 표면이 조용하다. 아진은 가만히 호수의 표면을 바라보았다. 거울처럼 투명하다. 요동치던 공기도 아진을 따라 멈춰 있다. 느릿느릿 어둠이 뭉개지고 있었다. 조금씩 스미는 빛살에 아진은 젖은 눈으로 호수를 바라보았다. 언뜻 지석의 얼굴이 스쳤다.

슬픈 표정. 그는 갈색 눈동자에 슬픔을 가득 담고 아진을 응시하고 있었다. 연약하게 흔들리는 눈동자.

아진은 지석의 슬픈 표정을 지워내려 억지로 고개를 저었다. 그의 무표정을 떠올리려 했으나 잘 되지 않았다. 자신을 처절히 짓밟으며 미소 짓던 얼굴이 간데없이 사라졌다. 고개를 살짝 쳐들고 욕망하는 시선으로 자신을 내려다보던 지석이었는데. 언제나 표정의 동요를 보이지 않던 그였는데. 그는 금방이라도 울듯이 아진을 바라보았다.

슬픈 갈색 눈.

왜 당신은 슬픈 눈을 하고 있는 거야. 도대체 당신은, 도대체 당신이란 사람은 누구야. 이렇게 질기게, 이토록 끈질기게 내게서 떨어지지 않는 당신은 무어냐고.

그리고, 나는.

결국 이렇게 도망치고 마는 나는.

# 24

반지는 혜은의 새끼손가락에 꼭 맞았다.

이렇게 꼭 맞지는 않았는데, 혜은의 서운한 표정을 점원이 살폈다. 다시 주문해드릴까요, 점원은 사이즈를 재는 링을 꺼내며 물었다.

혜은은 고개를 저었다. 조금 헐거웠던 반지. 그래서 잃어버린 거라고 변명하면 그가 이해해줄까. 너무 손에서 쉽게 빠지더라고, 웃으면서 투정부리면 여전한 미소로 받아줄까. 혜은은 반지를 낀 왼손을 오른손으로 감싸쥐었다.

"반지네요."

여자는 단박에 알아보았다. 소파에 앉아 있던 혜은의 옆에 여자가 앉았다. 반지를 물끄러미 바라보는 기다란 눈.

혜은은 수줍게 고개를 끄덕였다. 미소가 번졌다.

"꼭 결혼반지 같아요."

여자의 목소리가 씁쓸했다.

"결혼반지 맞아요. 잃어버렸었는데 똑같은 걸로 새로 샀어요."

혜은은 여자가 괜한 걱정을 하는 것 같아 목소리를 밝게 냈다.

"……"

"오랜만에 만나는데 잃어버린 걸 알면 서운해할까봐."

여자가 가만히 혜은을 바라보았다. 여자 안에서 수많은 말들이 만들어지고 사라지고 하는 것 같았다.

"사실 정확히 이건지는 몰라요. 1년간 손에 끼고 쳐다보긴 했어도 벌써 안 낀 게 5년이니까. 다른 걸 사왔다고 탓할 사람은 아니니까 비슷한 거로 샀어요. 아마 알면서도 모르는 척할 거예요, 그 사람."

혜은이 웃어 보였다.

"비겁해."

여자가 말했다. 혜은이 여자의 눈을 바라보았다. 내리깐 눈에 화가 깃들어 있었다.

혜은은 고개를 끄덕였다.

"알아요."

혜은이 말했다.

"나는 5년 동안 도망쳐왔죠. 비겁했어요."

혜은은 담담했다.

"그래서 죽으려는 거예요."

"그게 비겁하다는 거예요."

여자의 목소리가 높아졌다.

"끝까지 도망치려는 당신이 비겁해요."

혜은은 반지를 만지고 있던 손을 떼었다.

"아마, 당신은 죽어서도 남편을 만나면 도망칠 거예요. 당신은 그런 모습으로 남편 만날 자격이 없으니까. 당신 스스로 그렇게 생각하니까. 당신은 죽도록 도망쳐왔던 대로 또 도망치고 말 거예요."

여자는 자리에서 일어났다. 전에 없이 말을 뱉어내는 여자의 모습에 혜은은 당황해서 여자를 바라보았다. 여자는 혜은과 눈을 마주치지 않았다.

"거울이나 제대로 본 적 있어요? 지금 자신이 어떤 모습인지. 똑바로 자기를 바라본 적이 있기나 해요? 생기도 없고, 표정도 없어요. 꼭 죽은 사람처럼. 사랑을 하고 있다면 그런 얼굴일 수 있어요? 그런 모습을 그가 반겨줄 것 같나요? 스스로 버려둔 당신을 누가 사랑하겠어요?"

여자의 목소리가 파들거렸다.

"당신 남편은 당신을 끔찍하게 여길 거예요. 숨만 쉬고 있지 죽은 거나 다름없는 당신을. 아무것도 보려 하지 않고 들으려고도 하지 않고. 아무 노력도 하지 않고 도망치고 도망치다 끝내 남편한테로 도망쳐온 비겁한 당신을. 자신만을 바라본다고 말하면서 결국 눈이 멀어 아무것도 볼 수 없게 된 당신을."

여자의 꼭 쥔 주먹이 위태로워 보였다. 여자는 온몸을 파들거리며 또박또박 말했다. 한마디도 놓쳐서는 안 된다는 듯. 자신에게 되뇌이는 사람처럼.

"당신은 비겁해. 그렇게 도망치는 당신은 비겁해. 그건 사랑이 아니에요. 사랑이 아니야."

흐트러진 호흡을 가다듬으며 여자는 몸을 돌렸다. 방으로 들어가는 뒷모습이 위태롭게 흔들렸다. 방문이 힘겹게 닫히는 것을 혜은은 바라보고 있었다. 밭은 숨소리가 귀에 울렸다.

# 25

지석은 끈질기게 전화를 했다. 콘솔 위에 올려져 있는 핸드폰이 끊임없이 울려댔다. 아진은 침대에 걸터앉아 핸드폰을 바라보고 있었다. 경박한 벨소리는 아진에게 뚜렷하게 호소하고 있었다. 이쪽이 현실이라고. 아진은 핸드폰을 노려보았다.

어차피 진실 따위는 없는 거야, 아진은 스스로에게 주문을 걸듯 말을 반복했다. 온몸이 차가워지고 있다고 느꼈다. 체온이 점점 낮아지고 그렇게 죽어갈 거라고. 이렇게 버려둔 육체는 이미 생기를 잃고 죽어가고 있다고.

아진은 눈을 감았다.

머릿속으로 붓을 잡는다. 손에 잡기 버거울 정도로 큰 붓이다. 맑은 물감을 풀어놓은 물에 첨벙 담가 붓이 촉촉한 물을 가득 머금게 한다. 찰랑, 하고 붓의 솔이 싱그럽고 부드럽게 춤춘다.

무엇을 그릴까.

꽃 외에는 생각나지 않는다. 머리는 이것저것 다른 생각을 하려는데 어느새 붓은 꽃을 그리고 있다. 물이 가득 고인 붓은 투명한 꽃잎을 그려낸다. 작은 꽃이 하나 둘 몸을 붙여 이어진다. 소담한 꽃다발이다. 잠자리 날개처럼 하늘거리는 꽃잎에 실핏줄을 그려넣는다. 코스모스. 소박하고 조용한 색. 투명하고 맑은 꽃. 작고 여린 잎을 지닌 꽃 몇 송이를 신문지로 감싼다.

아진은 꽃다발을 건넨다.

꽃다발을 받아든 가느다란 손.

아진은 입만 달싹일 뿐 말을 꺼내지 못한다. 가느다란 손은 꽃다발을 만지작거리며 아진의 말을 기다린다. 오랜 침묵이 흘렀는데도 채근하지 않고 기다린다. 꽃잎보다 더 투명한 손을 바라보며 아진은 해야 할 말을 잊어버린다. 그래도 왠지 모르게 편안하다. 아진은 더 이상 입을 달싹이지 않는다. 가느다란 손은 아진에게 다시 꽃다발을 건넨다. 아진은 여린 줄기가 다칠까 신문지를 살짝 감싸준다.

아진은 여자에게 미안하다고 말했다.

여자는 베란다에 앉아 오후의 창을 마주하고 있었다. 여자는 미동도 없이 차분하게 가라앉아 있었다.

"내 말이 심했어요."

아진의 말에도 그대로 바깥을 응시한 여자의 등은 움직이지 않았다.

"어제는……"

"아진 씨 말이 맞아요. 전부 다. 하나도 빠짐없이."

조용한 뒷모습.

아진은 그렇게 여자의 뒤에 서 있었다. 바깥을 향한 여자의 뒷모습을 바라본 채로. 숱한 말들이 흘러나왔다가 도로 들어갔다.

여자는 자리에서 일어나 거실로 들어왔다. 아진과 눈을 부딪치지 않은 채로 거실을 지나 방으로 들어갔다. 산책을 다녀오겠다며 밖으로 나갈 때까지 여자는 한마디 말도 꺼내지 않았다. 아진은 거실에 서서 여자가 나간 현관을 바라보고 있었다.

# 26

공원은 언제나처럼 밝고 깨끗했다.

혜은은 그저 바라보고 있었다. 공원 안 사람들에게서 자신을 분리시키며 멍하니 바라보았다. 어린아이의 해살스런 웃음. 연인들의 꼭 잡은 손. 아이가 업혀 있는 엄마의 등.

동그란 잔디밭 건너편에는 이 무리들에게서 떨어진 한 남자가 앉아 있었다. 중년의 남성. 벤치에 우두커니 앉아 잔인한 오후가 끝나기만을 기다리는 눈빛으로. 웅크린 등과 고집스레 다문 입. 얼굴에 잡힌 짙은 주름이 그의 오래된 침묵을 말하고 있었다. 꺼내지 못한 말이 엉켜서 굳어버린, 딱딱한 육체.

결혼식이 며칠 지나지 않아 그의 아버지에게서 연락이 왔었다.

혜은은 어떠한 말도 견뎌낼 수 있을 거라고 생각했다. 드라마의 한 장면을 떠올렸다. 너 같은 며느리 둘 생각 없다고 소리친대도 조금도 상처받지 않을 거라고. 그런 식의 구태의연한 반대에 눈물 떨구며 내 사랑을 포기하는 어리석은 짓 따위는 안 할 자신이 있었다.

공원 벤치에 나란히 앉은 아버지의 옆얼굴이 참담했다.

"같이 산다는 얘기 들었다."

혜은은 질세라 대답했다.

"네. 저희 결혼했어요."

그의 아버지가 고개를 돌려 혜은을 물끄러미 바라보았다. 회색 눈동자가 오래된 서글픔으로 일렁였다. 혜은은 고개를 숙여 바닥을 보았다. 낙엽이 혜은의 발밑에서 으스러졌다.

"그런 어리석은 짓 그만두거라."

아버지는 조금도 화를 내고 있지 않았다. 도리어 깊이 절망하고 있었다.

"제가 맘에 들지 않으신다면……"

"너를 문제 삼는 게 아니다."

아버지의 목소리는 조금씩 침잠해갔다.

"나와 내 아내가 문제야. 그 애 엄마가 곧 죽게 생겼어."

목소리에 윤기가 모두 가셔서 부스러졌다.

"너와 결혼하겠다고 이야기하면서 이젠 다시는 집에 발을 들이지 않겠다는구나."

그에게서 듣지 못했던 이야기였다. 혜은은 어떻게 말해야 좋을지 몰랐다.

"제가 설득해서 찾아가 뵐게요."

"그런 얘기가 아니야. 그 애를 다시 집에 돌려보내 주렴. 이해가 안 가겠지만 내 아내는 그 애 없이는 못 산다."

혜은은 벤치에서 일어났다.

"오빠를 만나서 이야기해보세요. 저는……"

"그 애한테서 얘기 못 들은 게냐?"

그의 아버지가 말을 멈추었다. 긴 침묵이 둘을 스쳐 지나갔다.

"그 애 엄마는 도망갔다. 지금 내 아내는 그 애 친엄마가 아니야."

아버지의 옆얼굴에 짙은 그늘이 드리웠다. 혜은은 다시 자리에 앉았다.

"그 애가 일곱 살 때 갑자기 집을 나가서는 돌아오지 않았다. 그 애 생일이었어. 선물을 잔뜩 사다놓고는 오지 않았지.

그 일로 그 애가 적잖이 충격을 받은 모양이야. 한 달 동안 말 한마디 하지 않고 방에만 틀어박혀 있었다."

가느다란 가을바람에 탱고 선율이 실려왔다. 망각. 잊고 싶어도 잊혀지지 않는 슬픈 선율. 오랜 시간에 걸쳐 울음으로 고인 기억. 떠난 사람은 다시 돌아오지 않는다고 그가 말했던가. 망각의 끄트머리에 기억보다 선명하게 새겨진 채로.

"그 후로 말수도 줄고 학교생활도 제대로 못했어, 그 애. 친구 하나 제대로 사귀지 못하고 자폐아가 될 것 같았다. 아무래도 엄마 손이 필요한 것 같아서 지금의 아내를 얻었지. 그 사람, 정말 그 애한테 노력했어. 일부러 아이도 갖지 않고 그 애한테만 매달렸지. 그런데 그 애는 끝내 맘을 열지 않았어."

고운 미소를 지닌 그의 어머니를 떠올렸다. 그를 좇던 살가운 눈빛.

"내 아내한테 그 애는 친자식 이상이야. 그러다 너랑 살겠다며 그렇게 나가버린 거야. 그 애 맘 하나 얻겠다고 다른 거 다 포기하고 살아온 사람인데. 지금 그 사람, 아무것도 못 먹고 누워만 있어. 이러다 사람 하나 잡을 것만 같구나."

아버지의 목소리에 물기가 배어났다.

"젊어서는 자기 인생이 자기 혼자 것인 거 같지만 그렇지 않아. 사람과 사람을 엮어놓는 끈은 엉켜 있는 거라서 자기 혼자 끊는다고 끊어지는 게 아냐. 그 애 엄마가 끈을 끊었어도 그 애가 못 끊듯이. 그 애가 끊었어도 내 아내가 못 끊듯이."

해가 저물 때까지 둘은 아무 말 없이 벤치를 지켰다. 아버지가 일어나 말없이 공원을 떠났고 혜은은 그 뒷모습이 사라지고도 한참을 벤치에 앉아 있었다.

어딜 다녀왔냐는 그에게는 아무런 말도 하지 않았다.

해가 저물고 중년의 남성은 벤치에서 일어나 무거운 발걸음을 떼었다. 고집스런 등을 보이며 그는 입을 꾹 다문 채로 공원을 벗어났다. 그 뒷모습이 멀리 사라지고도 혜은은 한참을 벤치에 앉아 있었다.

# 27

〈주간미술〉에 인터뷰 기사가 실렸다.

"너 아직도 기사를 안 읽었단 말이야?"

y는 잡지를 손에 든 채 전화를 하고 있다고 했다. 잡지를 퍼덕거리는 소리가 과장되게 울렸다. 들떠서 소란스럽게 떠들어대는 y의 목소리를 들으며 아진은 커피포트에 물을 올려놓았다.

"메인은 아니지만 꽤나 비중이 있어."

y는 킬킬댔다.

아진은 찬장을 열어 커피통과 잔을 꺼냈다. 손잡이에 빨간 꽃이 그려진 작은 잔이었다. 빨간 꽃이 그려진 잔과 파란 꽃이 그려진 잔이 세트로 박스에 담겨 있었다. 한눈에 예뻐서 집어들고 보니 커플 찻잔이라 쓰여 있었다. 손님용으로 쓰지 뭐, 아진은 누군가에게 말하듯 중얼거리며 찻잔을 구입했다. 받침에 둘러진 금테가 섬세하고 고급스러웠다.

박스 한쪽에는 그대로 커플 찻잔이란 글씨가 새겨져 있었다. 한번도 물기가 닿지 않은 도기의 까끌함이 손에 전해졌다. 집에 누군가를 초대한 적이 없다는 것을 아진은 깨달았다.

"안 그래도 표지에서 네 그림 보고 내가 심장이 철렁했다는 거 아니냐. 또 어떤 욕지거리를 해놨나 하고. 그런데 야, 이거 네가 직접 보면 너도 놀랄 거다. 칭찬 일색이야. 유망주라는 말부터."

아진은 대답하지 않고 잠자코 있었으나 y는 개의치 않았다. y는 기사에 대해서 시시콜콜하게 설명해댔다.

"그림에 대한 평은 조금 부정적이기도 한데, 그래도 네 그림이 평론 대상에 오른 게 어디냐. 이제껏 다들 욕만 했지 네 작품 분석하려고 든 사람이 어디 있었냐고. 그런데 꼼꼼하게 분석해놨더라고, 이 친구가. 너 다음 전시도 문제없겠어."

아진은 커피가루를 잔에 넣었다. 헤이즐넛 향이 달콤하게 올라왔다. 아진은 커피포트를 바라보았다.

"편집장이 힘 좀 썼겠어."

물이 끓었다. 아진은 작업을 하던 중이었다고 둘러대며 전화를 끊었다.

〈주간미술〉은 탁자 위에 올려져 있었다. 여자가 밖에 다녀오는 길에 우편함에서 빼서 가져온 것이다.

아진은 커피를 한 모금 마시고 잡지를 집어들었다. 모자이크처럼 짜깁기한 표지사진에는 아진의 그림과 사진도 들어 있었다.

〈주간미술〉 몇 장을 넘기면 편집장의 필체로 이번 호 잡지에 대한 신변잡기적 이야기가 실려 있다. 반듯한 글씨와 정돈된 문체로.

이제 가을도 다 저물어가는군요. 이번 호는 얼마 남지 않은 가을의 냄새를 담으려 노력했습니다. 부쩍 차가워진 바람으로 느낄 수 있는 겨울이 아니라 지나가는 가을을 자꾸만 붙잡으려 하는 마음은 과거를 잊지 못하는 사람의 마음과 같지 않겠습니까. …… 지난 호에서 새로 시작한 '직접 만나는 작가'를 읽은 지인들이 호평을 해주었습니다. 딱딱한 평론보다 편하고 일상적인 글과 그림으로 다가가고자 하는 노력이 얼마나 전달되었는지는 잘 모르겠습니다. 쉽고 편하게 쓰는 것이 도리어 더 어렵다는 것을 느꼈습니다. 그럴싸한 거짓말

보다 서툰 진심을 꺼내는 것이 더 힘든 것처럼 말이죠. ……나뭇잎이 다 떨어져야 겨울이 오듯, 지나간 시간들을 다 떨어뜨려야 우리의 삶도 보다 성숙한 계절로 넘어가겠지요. 〈주간미술〉 역시 버려지는 것들의 하나로 여러분의 성숙을 돕길 소망해봅니다.

아진은 〈주간미술〉을 덮고 베란다로 나가 창밖을 바라보았다. 빌딩들 사이사이로 차들이 오간다. 사람들은 부쩍 차가워진 바람에 옷깃을 여미며 서둘러 길을 지나고 있다. 여자의 모습을 찾다가 그만두었다. 하나의 점처럼 변해버린 사람들을 아진은 가만히 바라보았다.

과거를 버린다는 것. 점처럼 변해서 익명으로. 타인으로. 그렇게 스쳐가듯이. 지난 시간을 모두 떨어뜨리면 성숙이 아니라 공허가 남지 않을까. 언뜻 창가에 스친 자신의 얼굴이 타인처럼 낯설었다.

손에 든 헤이즐넛 커피가 온기로 전해졌다. 아진은 커피 한 모금을 더 마셨다. 창밖으로는 여전히 타인들이 스쳐갔다.

# 28

그가 작은 의자에 앉아서 울고 있었다. 아주 넓은 들판이었고 시야에 들어오는 건 흙바람뿐인 곳이었다. 그곳엔 그와 혜은만이 있었다. 그는 몸에 맞지 않는 양복을 입고 앉아 있었다. 소매가 짧아서 팔이 드러나고 바지도 짧아서 다리가 드러났다. 가느다란 다리와 양말도 신지 않은 하얀 발. 제대로 여며지지 않은 재킷이 바람을 따라 펄럭였다. 소매 단추를 꿰매놓은 실이 풀어져 단추가 제멋대로 움직였다. 혜은은 그에게서 등을 돌리고 서 있었다.

"자꾸 어린애처럼 왜 그래?"

혜은이 뒤돌아 그를 바라보며 짜증스럽게 물었다. 그는 발을 구르며 떼를 썼다.

"나를 혼자 두지 마. 나를 버리고 가지 마."

파란색의 작은 의자. 의자가 그에게는 매우 작아서 그가 앉아 있는 것이 위태로워 보였다. 못질이 엉성해서 여기저기 못이 불안하게 튀어나와 있고, 페인트칠도 벗겨져 투박한 나무색이 드러나 있었다.

"내가 여기 있는데 왜 자꾸 칭얼대."

"나는 네가 떠날까봐 두려워. 나 혼자 남겨지는 게 두려워."

흙바람이 매캐하게 올라왔다. 목이 칼칼하니 아팠다.

"오빠 이런 사람 아니었잖아. 이렇게 칭얼대는 거 오빠답지 않아."

혜은은 미간을 찌푸렸다.

"내가 이런 모습을 보이면 넌 달아났을 거야. 넌 언제나 달아나려고 했으니까. 넌 나를 필요로 했지 나를 사랑하지는 않았잖아."

그는 소리 내어 엉엉 울었다.

"너를 사랑한 건 나뿐이야."

혜은은 울컥해서 소리쳤다.

"말도 안 되는 소리 하지 마. 내가 얼마나 오빠를 사랑하는데. 난 달아나려고 한 적 없어."

그가 울음을 그쳤다.

"그 말, 정말이야?"

여전히 훌쩍대며 그가 혜은을 올려다보았다. 작은 양복에 꼭 끼인 다리가 움직임을 멈추었다. 혜은은 허리를 숙여 그와 눈을 맞추었다. 눈이 젖어 있었다. 혜은은 그의 눈가에 묻은 눈물을 닦아주었다.

"그래, 울지 마. 이렇게 같이 있잖아."

"그거면 됐어. 응, 그거면 됐어."

그가 웃었다. 평소처럼 미소 짓는 게 아니라 해죽 이를 보이며 웃었다. 그 모습이 우스워서 혜은도 따라 웃었다.

혜은은 꿈에서 깼다. 온몸이 땀으로 젖어 있었다. 언제 잠이 들었던 건지, 아직 한낮이었다. 여자는 외출을 했는지 집에 없었다. 혜은은 땀에 젖은 시트를 걷어냈다.

그는 혜은 앞에서 한번도 눈물을 보인 적이 없었다. 그는 항상 미소 짓고 혜은을 안아주었다. 그거면 되었는데.

혜은은 욕조에 물을 채웠다. 침대시트를 벗겨 욕조에 집어넣었다. 세제를 풀고 거품을 냈다. 이불을 담가놓은 채 혜은은 손을 씻고 거실로 나왔다.

혜은은 그를 위로한 적이 없었다. 위로하는 것은 언제나 그였다. 혜은은 화를 내고 토라지고 투정을 부리고 울었다.

쌀을 안치고 국을 끓였다. 여자가 즐겨 먹던 반찬들을 만들었다. 파래무침은 덜 시큼하게, 감자볶음은 서로 엉겨붙지 않도록, 고사리는 잇몸에 부담스럽지 않도록 부드럽게, 진미채는 선명한 빨간색을 띠어서 손이 가도록.

그도 혜은에게 화를 내고 토라지고 투정을 부리며 울고 싶었을까. 그런데 왜 그러지 않은 건지. 이제 와서 울며 보채는 그가 원망스러웠다. 이제 이틀만 지나면 볼 수 있는데. 이틀만 지나면 만날 수 있는데 왜 이제야.

혜은은 싱크대에서 반찬통을 모두 끄집어냈다. 여자는 집에서 음식을 만들어 먹지 않아서 반찬통은 새것 그대로였다. 요리하기 싫어하는 여자가 반찬통과 접시들을 사면서 무슨 생각을 했을까. 혜은은 반찬들을 모두 통에 담아 냉장고에 집어넣었다.

두려워서였어? 내가 떠날까 두려워서 내 손을 붙잡고 그렇게 웃어준 거야? 내가 돌아오지 않을까봐 두려워서 도망치는 나를 붙잡지도 못하고 뒷모습만 본 거야? 전부…… 두려워서 그랬던 거야?

욕실로 들어가 침대시트를 발로 밟았다. 거품이 묻은 시트 자락이 부드럽게 발에 감겼다. 혜은은 힘을 주어 꾹꾹 눌렀다.

뒤돌아서 있던 혜은. 그의 친절함에, 그의 한결같음에 혜은은 항상 도망가고만 싶었다. 그가 기다려줄 거니까. 그가 데리러 올 거니까. 다시 돌아가기 위해 혜은은 그에게서 도망쳤는지도 모른다.

혜은은 샤워기로 물을 뿌리며 이불을 헹구어냈다. 맑은 물을 부으면서 혜은은 발로 밟고 또 밟았다.

내가 다시 올 거라는 걸 몰랐던 거야? 모르고서 나를 기다린 거야? 나는 한번도 떠난 적이 없는데. 지금까지 한번도 그 마음에서 벗어났던 적이 없는데. 숱하게 도망치면서도 한번도.

혜은은 시트자락을 세탁기로 가져갔다. 물을 먹어 무거운 시트자락이 혜은에게는 버거웠다. 혜은은 간신히 시트를 안아 옮겼다. 혜은의 옷이 모두 젖었다.

그에게 못 한 이야기가 있는 걸까. 혜은은 가슴이 먹먹해졌다. 그는 두려웠던 걸까. 숱한 물음들 속에서 하나의 답도 찾아내지 못하는 혜은에게 무력감이 찾아들었다.

세탁기에 넣고 탈수 버튼을 누르자 동그란 창 안으로 시트자락이 휘감기며 움직였다.

엉엉 울며 발을 구르던 그의 모습. 그에겐 작았던 의자. 황량한 벌판. 그는, 외로워 보였다.

# 29

d가 죽었다.

경찰은 사무적인 목소리로 d의 죽음을 알렸다. 자신의 방에서 목을 매달고 죽었다는 것. 시신은 이틀 만에 이웃에 의해 발견되었다는 것. 유서를 남겼고 앞뒤로 채워진 네 장의 종이가 서아진 씨에게 보내는 편지라는 것. 몇 가지 조사할 것이 있으니 나와주셨으면 한다는 것. 별거 아니니 부담 갖지 않으셔도 된다는 것도.

날이 흐렸다. 곧 비가 쏟아질 것만 같았다. 아슬아슬하게 구름이 비껴 흐르고 있었다. 시내 전체가 음울한 공기에 잠겨 있었다.

아진은 장롱을 열어 옷을 골랐다. 검은색 재킷을 고르면서 예의를 차리는가, 생각했다. 무채색 옷을 싫어하던 아진이었다.

화장을 마치고 거울을 쳐다보았다. 짙은 화장을 한 완벽한 얼굴. 아진은 티슈를 꺼내들었다. 티슈로 립스틱을 닦아냈다. 티슈에 붉게 자국이 남았다. 리무버를 들어 눈화장을 지워냈다. 클렌징크림을 발라 화장을 전부 지웠다.

피부 밑에 잔 기미가 드러났다. 황폐한 스물아홉 여자의 얼굴엔 피로가 역력했다. 세련된 자신감도 도도한 시선도 위장 해제된 듯 사라졌다. 양쪽 귀걸이도 빼고 목걸이도 뺐다. 그저 밋밋하기만 한 눈을 아진은 가만히 응시했다.

아무런 생기도 표정도 없는 얼굴.

무채색으로 침잠하는 한 여자가 거울 너머에서 망연한 얼굴을 하고 있었다.

"요즘도 사랑 때문에 죽는 사람이 있네요?"

경찰은 굳어 있는 아진에게 농담을 던졌다. 아진은 웃지 않았다. 머쓱해진 경찰이 수첩을 꺼냈다.

"애인이셨나요?"

"……"

“스토커였군요.”

경찰은 형식적으로 수첩에 끼적거렸다.

“불쾌하시겠지만 몇 가지만 여쭤보겠습니다.”

경찰은 d를 언제 만났고, 마지막으로 만난 게 언제였는지, 별다른 말은 없었는지에 대해 물었다.

“어쩔 수 없다고 말했었어요.”

네? 라고 경찰이 되물었다. 권태로운 표정은 그대로였다.

“나를 사랑하는 것도 잊는 것도 어쩔 수 없다고. 노력했는데 안 되더라고.”

아진은 멍해져서 대답했다.

“아, 네.”

경찰은 성의 없이 끄덕였다.

“평상시와 다른 점은 없었나요?”

아진은 고개를 저었다.

d는 언제나 눈물이 고인 눈으로 이야기했었다. 따지고 보면 d가 죽었다는 것은 전혀 이상한 일이 아니었다. d는 항상 곧 죽을 것만 같았으니까. 어디 한번 죽어보시지, 라며 조소하는 마음이 있었던 게 사실이니까.

경찰은 수첩에 몇 자 더 적어넣었다.

그렇게 몇 글자로 d의 죽음은 마무리되었다. d에게는 가족도 없었고, 친척에게 연락을 했으나 아무도 오지 않았다고 했다. 결국 장례식은 직장 동료란 사람이 치른 것 같은데 그도 제대로 치르지 않았을 거라고 경찰은 지나가는 말로 지껄였다.

수고하셨습니다, 란 말과 함께 경찰은 고개를 숙이고 다른 차트를 꺼냈다. 끝내 유서의 내용에 대해서는 입을 열지 않았다.

"유서는요?"

경찰은 고개를 들었다.

"보지 않으시는 게 좋을 듯해서 안 드리는 건데요, 확인하시겠어요?"

아진은 잠시 머뭇거리다 고개를 저었다. 자신이 없었다.

"저, 어디에 묻혔는지 알 수 있을까요?"

"그걸 제가 어떻게 아나요?"

경찰이 콧잔등을 찡그리며 대답했다. 웃음기가 어려 있었다.

"모르긴 몰라도 화장했겠죠. 가족도 없는데 누가 땅 사서 묻었겠어요."

아진은 잠시 머뭇거렸다.

"이제 가셔도 됩니다."

경찰이 귀찮은 듯 말을 뱉었다. 아진은 천천히 고개를 끄덕이고 자리에서 일어났다. 고개를 숙인 채 걷는 아진은 더 이상 세련된 모습이 아니었다. 아진은 창백한 얼굴을 하고 경찰서를 걸어나왔다.

# 30

혜은은 베란다에 널어둔 시트를 바라보고 있었다. 날이 흐려서 곧 비가 쏟아질 것만 같았다. 방에 습기가 가득 차서 시트가 쉽게 마를 것 같지 않았다. 혜은은 아직도 물을 머금어 차가운 시트를 만졌다.

"빨래, 했나봐요."

언제 들어왔는지 여자가 거실에 서 있었다. 검은색 정장을 입고 텅 빈 눈을 하고 있었다. 외출했다가 들어온 모양인데 화장기 없이 창백한 얼굴에 혜은은 잠시 말을 삼켰다.

"그 몸으로 어떻게 이불빨래까지 했어요?"

대답을 기다리지 않고 여자는 몸을 돌렸다. 피로한 몸짓으로 커피포트에 물을 올리고 찬장을 열었다.

여자는 혜은에게 커피잔을 내밀었다.

"헤이즐넛인데."

혜은은 끄덕이며 잔을 받았다. 여자는 소파에 앉아 있는 혜은에게 잔을 건네고 베란다로 가서 창밖을 바라보며 서 있었다.

"날이 계속 흐리네요. 비가 올 것 같으면서도 오지 않고."

혜은은 커피를 마셨다. 축축한 공기가 헤이즐넛의 향을 더 돋우었다. 입 안에 은은한 향이 감돌았다.

"비가 오고 나면 겨울이겠네요."

혜은이 커피잔을 바라보며 말했다. 손잡이 부분에 붉은 꽃 한 송이가 그려져 있는 작은 잔이었다.

"비가 아니라 눈을 기다려야 하는지도 모르겠네요."

커피를 마시는 여자의 뒷모습이 잠시 흔들리는 듯 보였다.

이제 가을도 다 지나갔으니까, 여자가 작은 소리로 중얼거렸다.

"남편 얘기, 물어봐도 돼요?"

여자가 조심스럽게 물었다. 소파에 앉으면서 커피잔을 탁자에 내려놓았다.

"5년 전에 죽었어요."

혜은은 커피 한 모금을 마셨다.

"사고였나요? 아님 병으로?"

혜은이 여자를 바라보았다.

"미안해요. 이렇게 자세히 묻는 게 아닌데."

여자가 황망히 고개를 숙였다.

"자살했어요."

"……"

"그 사람, 자살했어요. 5년 전에."

커피의 온기가 아직 남아 있었다. 혜은은 두 손으로 잔을 감쌌다. 여자는 말없이 탁자에 내려놓은 잔을 들었다. 입을 대고는 마시지 않고 가만히 허공을 응시하고 있었다.

"사랑 때문에 죽는 사람이 많네요……"

여자가 말했다. 손에 든 커피를 보는 눈빛이 쓸쓸했다.

"라고 말하더군요. 어떤 사람이."

여자가 살짝 웃어 보였다. 혜은도 어색하게 미소 지었다.

날은 여전히 흐렸다. 둘은 같이 고개를 돌려 창 너머 젖은 대기를 바라보았다. 말없이 시간이 흘러가고 꼭 그만큼 축적된 상실감이 밀려왔다. 시트자락에 가려 흐린 하늘은 잘 보이지 않았다.

# 31

늦은 오후, 아진은 적막감에 몸을 일으켰다. 아진이 방에 있으면 조심스레 집 안을 오가며 청소를 하거나 밥을 짓던 여자의 움직이는 소리가 들리지 않았다. 아진은 이불을 걷어내고 거실로 나왔다. 깨끗하게 정돈된 거실. 저녁 무렵의 적막이 무겁게 가라앉아 있었다.

아진은 여자의 방문을 열었다. 여자가 없을지도 모른다, 여자는 이제 곧 죽을 것이다, 자기암시를 걸면서.

여자가 물끄러미 아진을 바라보았다. 여자는 침대 옆에 앉아서 침대에 등을 기대고 있었다. 아진은 서둘러 말을 찾았다.

"잠깐, 나갔다 올게요."

아진의 느닷없는 외출 보고에 여자는 어색하게 고개를 끄덕였다. 아진은 문을 닫고 다시 자신의 방으로 들어왔다. 얼굴이 확확해지는 것만 같아서 장롱을 열어 옷을 꺼냈다. 작업실에나 다녀와야겠다, 아진은 생각하면서 급하게 옷을 입었다.

신사동 작업실 앞에 한 남자가 기다리고 있었다. 아진은 순간 d를 떠올렸다. 아진을 확인하면 종종걸음으로 달려와 반가운 얼굴을 했던. 짜증스러운 얼굴로 내치면 팔을 잡고 울먹거렸던. 아진은 d를 떠올렸단 사실에 이내 헛웃음이 나왔다.

지석은 며칠간 면도를 하지 않은 듯 수염이 제멋대로 길어 있었다. 반듯한 얼굴이 거칠게 일그러져 다른 사람 같았다. 지석은 아진을 확인하고 눈을 내리깔았다. 눈동자에 깊은 피로가 스쳤다.

뒤돌아 도망치고 싶은 마음을 누르며 아진은 지석을 향해 걸었다. 걸음걸이가 부자연스러웠다. 좁은 복도에 또각거리는 아진의 구두소리와 옅은 지석의 숨소리가 뒤엉켰다. 지석은 벽에 기대 있던 몸을 일으켜 아진을 향했다. 아진은 지석의 앞에 섰다.

"너는 마지막까지……"

목소리가 까칠했다. 지석은 목소리를 가다듬었다.

"마지막까지 내게 마음을 열지 않더구나."

아진은 지석 너머 작업실 복도의 벽을 응시하고 있었다. 벽에 걸린 작은 그림. 데이지가 그려져 있었다. 아진이 처음으로 그린 그림이었다. 아이보리색 환한 바탕에 소담한 연분홍색 꽃이 아진을 바라보았다.

"너를 버리고 싶었다."

지석은 짧은 한숨을 쉬었다. 응집된 시간이 묻어나왔다.

"이번에는 내가 너를 버리고 싶었다. 예전에 네가 내게 그랬듯이."

아진은 그림을 그리고 싶어졌다.

"하지만 너는 그럴 기회조차 주지 않았어."

지금 당장 꽃을 그리고 싶었다. 붓을 잡고 싶어서 손이 떨렸다.

"나를 사랑하긴 했니?"

지석은 아진의 어깨를 잡았다. 흔들리는 눈동자에 눈물이 고여 있었다.

"나를…… 기억하긴 하니?"

시간이 멈추었다. 갈색 눈동자. 심장이 멎을 것만 같았다.

아진은 지석을 뿌리쳤다. 떨리는 손을 움켜쥐고 지석을 지나쳐 작업실 문을 열었다. 손이 떨려서 열쇠를 제대로 맞출 수가 없었다.

"떠난 건 너야."

땀이 배어 문고리가 헛돌았다. 아진은 손에 힘을 주었다.

"붙잡을 기회를 주지 않은 건 너였어."

지석의 목소리가 닫히는 문틈으로 새어들어 왔다.

아진은 황망히 캔버스를 꺼냈다. 물감통을 엎어 물감을 찾았다. 지석의 발걸음이 멀어졌다. 아진은 붓통을 바닥에 엎었다. 세필붓을 골라들었다. 계단을 내려가는 발걸음 소리에 귀를 세우고 아진은 물감을 골랐다. 연분홍색 물감을 찾아야 한다. 손놀림이 빨라졌다. 발걸음 소리가 완전히 사라진 후에 아진은 어지럽게 펼쳐진 물감과 붓 사이에 주저앉았다. 손은 여전히 물감을 찾고 있었다.

# 32

밤이 늦도록 여자는 들어오지 않았다. 혜은은 자꾸만 몸을 뒤척이다 잠에서 깼다. 다시 잠들지 못한 혜은은 새벽녘까지 불 꺼진 거실에 우두커니 앉아 있었다.

아직도 어둠은 심장을 먹먹하게 만든다. 아직도 적막은 팔다리를 저미게 만든다. 아직도 그의 부재는 혜은을 아무것도 할 수 없게 만든다.

혜은은 가만히 반지를 만졌다. 어둠 속에서 살며시 다이아몬드가 반짝였다. 작고 사랑스러운 모양으로 다이아몬드는 가만히 혜은을 바라보았다.

꿈에서 울먹이던 그의 얼굴이 떠올랐다.

그래, 나는 항상 오빠를 떠나려고 했지, 혜은은 중얼거렸다. 익숙해지지 않는 어둠이 혜은의 말을 삼켰다. 항상 도망치려고 했어, 그러면 오빠가 나를 데리러 오니까. 그때 오빠의 표정이, 내음이 좋았어. 혜은은 적막을 깨려는 듯 또박또박 말했다.

진심이 아니었는데.

도망칠 때마다 내가 다시 돌아올 거란 거 몰랐어? 늘 그렇게 두려웠어? 항상 불안했어? 내가 오빠를 사랑한다고 생각하지 않을 만큼? 아무런 대답이 없었다. 다시 생경한 적막이 혜은을 감쌌다.

혜은은 반지를 집어던졌다.

"끝이야."

헤어지자고 말하는 건 혜은의 버릇이지만 반지를 집어던진 건 처음이었다. 그의 얼굴에 당혹스러움이 번졌다.

"진심이라고. 나는 오빠가 지겨워."

습관에서 시작된 다툼이었는지 모른다. 그날따라 혜은은 평소보다 더 날이 서 있었다. 여느 때와 다른 느낌이었을 것이다. 아니, 어쩌면 평소와 다름없는 하루였는지도 모른다. 그래서 더 끔찍했는지도.

그는 무릎을 꿇고 떨어진 반지를 찾았다. 침대 밑으로 굴러들어간 반지를 찾기 위해 그는 몸을 더 깊이 수그렸다.

"한결같은 모습, 나 그런 거 질린다고."

먹다 만 밥상이 차갑게 둘 사이에 있었다. 혜은은 웅크리고 침대 밑으로 손을 더듬는 그를 내려다보았다.

"늘 이런 식이야. 나한테 화나지 않아?"

침대 밑에서 그가 반지를 꺼냈다.

"화낼 줄 몰라? 차라리 욕이라도 하라고."

그가 일어서서 반지를 건넸다. 선량한 눈.

"그런 눈빛 좀 그만 해. 착한 것도 신물이 나."

혜은은 있는 힘껏 소리를 질렀다. 혜은은 그의 손에 있는 반지를 집어서 다시 한번 집어던졌다.

"이러니까 오빠 엄마가 도망갔지."

그의 얼굴이 굳어버렸다. 순식간에 새파랗게 질리는 얼굴을 보면서 혜은은 제멋대로 말을 뱉었다.

"오빠가 이렇게 못나게 구니까."

사람은 때로 끔찍할 정도로 영민해서 어떻게 해야 상대가 크게 다칠지 계산하지 않고도 알 수 있다.

"똑바로 들어. 나 다시는 안 와. 지긋지긋한 오빠한테 다시는 안 와."

혜은은 그대로 방을 나왔다. 그는 언제나처럼 붙잡지 않았다.

혜은은 당황한 마음을 다잡으려 혼자 소리치며 더욱 화를 냈다. 1주일은 돌아오지 않을 거야, 혜은은 아랫입술을 꼭 깨물고 씩씩거리며 길을 걸었다.

반지를 만지는 혜은의 눈에 물기가 어렸다. 무서웠겠다, 혜은은 눈을 감았다. 많이 무서웠겠다, 혜은의 목소리가 차분하게 적막을 가르며 흘렀다. 말을 뱉자 고였던 눈물이 흘러내렸다. 혜은은 무릎에 얼굴을 묻고 눈물을 흘렸다. 아직 깨나지 않은 어둠이 혜은의 등을 쓸어내렸다.

# 33

아진은 y가 준 사진을 꺼내들었다. 여자는 여전히 되바라진 붉은색으로 자신을 치장하고 수치심은 모두 잃어버린 듯 웃고 있었다.

아진은 여자를 그리기 시작했다.

풀린 눈, 벌어진 다리, 도발적인 입술을. 새빨간 붓질은 터치를 그대로 남겨서 강한 느낌을 살렸다. 무디게 그러면서도 섬세하게.

여자의 얼굴을 그리다 벌어진 입술 대신 연분홍색의 데이지 꽃을 그려넣었다. 여자의 입에서 자그마한 데이지 꽃이 수줍게 피어났다. 여자의 어깨에도 가슴에도 배에도 성기에도 다리에도 아진은 데이지 꽃을 그렸다. 새빨간 여자의 몸에서 소담한 꽃이 하나 둘씩 자리를 잡아 피었다. 연분홍빛 데이지. 실처럼 가는 꽃잎 하나하나를 수놓듯 그려가면서 어느새 여자의 몸은 데이지 꽃으로 뒤덮였다.

데이지.

처음 만나던 날 지석은 아진에게 꽃을 내밀었다. 이렇게 예쁜 아가씨에겐 꽃을 주어야 옳은 거라고. 아주 작고 예쁜 데이지 꽃을. 빙긋이 웃는 미소로.

매력적인 사람이었다. 분명하고 빈틈이 없었다. 꽃을 건네는 손길이 너무 자연스러워서 당연하게만 느껴졌다. 딱히 무엇이라고 할 것도 없었다. 그저 모든 것이, 그를 만나고 있는 순간과 그가 건네는 꽃과 그가 아진을 바라보는 눈빛이 너무 당연해서 누구에게도 거리낄 것이 없었다.

저녁 어스름의 벤치. 손이 예쁘다고 말했던 그. 손이 유난히 차가웠던 그. 그래서 살며시 손을 잡았던 그날. 온기를 조금이나마 전할 수 있다면, 이라고 생각했던 그날.

그날, 아진은 집에 들어와서 방에 틀어박혀 데이지 꽃을 그렸다. 꽃이 시들기 전에 그 꽃을 그려서 되돌려주고 싶었다. 마음을 줄 수 있다면. 차가운 손에 온기를 전해줄 수 있다면.

마음이 바빠 손이 매끄럽게 움직여지지 않았다.

데이지 꽃 한 송이가 소복하게 핀 스케치북을 화통에 넣고 아진은 지석을 기다렸다. 다음날 곧장 전화한 아진의 목소리에도 지석은 놀라지 않았다. 당연했으니까. 전화하는 것도, 다시 만나는 것도. 그렇게 전화하고 전화를 받고, 그렇게 만나고 이야기를 나누고, 모든 것이 자연스럽게 이어졌다.

지석은 얼마 마시지 않고 술에 취했다. 화통 속의 데이지 꽃이 바스락거렸다. 아진은 화통을 끌어안고 있었다. 지석의 눈동자가 천천히 술에 잠겼다.

흔들리는 빛깔.

지석의 갈색 눈동자가 아진에게 머물더니 흔들렸다. 차가운 손. 그때 아진은 그의 차가운 손을 떠올렸다. 그 손을 잡아준다면 이 사람 이렇게 흔들리지 않을 텐데. 흔들리는 거 이 사람에게 어울리지 않는데.

반듯한 사람에게서 흔들림을 발견했던 것이 아진을 슬픔에 젖게 했다. 어쭙잖게도, 아진은 그가 불쌍하다고 생각하게 되었다. 그의 흔들림이, 그의 고독이, 그의 외로움이. 아진의 마음에 다가왔다. 아진은 지석이, 불쌍해져 버렸다.

그래서 그를 따라갔던가. 어린 마음에 지석에게 위로가 되고 싶은 바람은 아진을 싸구려 여관에 들어서게 했다.

그리고 지석은 아진을 넘어뜨렸다. 느닷없이 그의 입술이 밀려들었다. 아진은 질끈 눈을 감았다. 미처 내려놓지 못한 화통 안에서 데이지 꽃이 구겨졌다. 네가 탐났다는 지석의 목소리와 함께.

아진은 꽃을 그리던 붓을 내팽개쳤다. 여자의 몸에 피던 데이지 꽃이 발에까지 이르지 못하고 끊겨 있었다. 꽃으로 온몸을 치장한 여자는 맨발로 아진을 물끄러미 바라보았다.

이런 발로는 어디도 갈 수 없잖아.

여자는 아진에게 투덜거렸다. 여기 묶여서 어디도 갈 수 없잖아. 여자는 어디론가 달려가고 싶어하는데 아진은 여자를 떠나보낼 아무런 준비가 되어 있지 않았다.

아진은 여자의 맨발을 바라보았다. 아직도 잊지 못하고 있는 것이다. 떠나보낸 그날부터 지금까지. 7년의 시간을. 가라고, 다신 돌아오지 말라고 악을 쓰면서 증오로 치를 떨었던 그날부터. 결국 아무것도 잊지 못한 것이다. 아진은 그 자리에 주저앉았다.

왜 마지막까지 그에게 떠나지 말라고 말하지 못했던 걸까. 한번도 잊은 적이 없다고. 아직까지 당신이 준 꽃을 그리고 있다고.

# 34

사흘이 되도록 혜은은 그에게 연락하지 않았다. 그전에 다투었다 해도 혜은이 일방적으로 화를 낸 게 전부였기 때문에 혜은이 돌아가는 것이 늘 싸움의 종지부였다. 그는 늘 기다리고 있었다.

1주일은 버티려던 혜은이 나흘에서 마음을 돌린 것은 그날이 그의 생일이었기 때문이다. 케이크와 선물을 들고 인심쓰는 척 집에 들어서야지. 그러면 몇 번을 반복한 일이어도 그는 놀라며 혜은을 맞이할 것이다. 예의 그 미소로. 아무것도 묻지 않고 혜은을 안아줄 것이다. 혜은은 슬며시 웃음을 지으며 케이크를 골랐다.

병원이라고 전화를 받은 것은 아르바이트가 끝나고 제과

점에서 케이크를 사서 나오고 있을 때였다. 생명이 위급하단 목소리가 사무적이어서 혜은은 되물었다.

"교통사고가 났어요. 피해자 분이 크게 다치셨어요."

혜은이 도착했을 때 그는 이미 하얀 천으로 덮인 후였다.

병원 직원이 얼굴을 확인하라고 천을 내렸지만 혜은은 보지 않았다. 고개를 돌리고 있었다. 한 손에는 케이크 상자를 든 채.

"목격자들 말로는 차에 뛰어들었다네요."

날이 저문 후였고, 차가 워낙 빨리 달리는 곳이라고 했다. 뛰어들기 전부터 이미 휘청대며 이성을 잃은 듯 보였다고.

"짚이는 게 있나요?"

경찰이 물었다. 혜은은 고개를 저었다.

"사고 직전에 어머니와 통화를 했다는군요. 아주 격한 목소리였다는데요. 손혜은 씨에게 무슨 말을 전했느냐고 물으면서 어머니 때문에 내 인생이 또 한번 망가졌다고 욕을 해댔다는군요. 무슨 얘기인지 설명해주실 수 있나요?"

건조한 목소리.

"집에 가겠어요."

혜은은 무릎에 놓은 케이크 상자를 움켜잡았다. 경찰은 아무 말이 없었다.

혜은은 자리에서 일어났다. 경찰이 무슨 말인가를 건네려 손을 뻗었다가 거두었다. 혜은은 휘청대며 경찰서를 빠져나왔다. 버스를 타고 집으로 돌아왔다.

텅 빈 방에 앉아 케이크에 불을 켰다. 환한 낮에도 어두운 반지하 방에 빛은 조금도 스며들지 않았다. 케이크의 촛불이 따뜻하게 느껴졌다.

"생일 축하해."

혜은은 작게 속삭였다.

"노래는 못 부르니까 오빠가 불러."

혜은의 밝은 목소리가 방 안에 울렸다. 혜은은 웃어 보였다.

"왜 안 불러. 이러면 나 화낸다."

혜은은 짐짓 툴툴댔다. 이렇게 말하면 그는 난처한 표정을 지으면서도 부탁을 들어주곤 했다.

"알았어. 나 화 안 낼게. 그러니까……"

목소리가 잦아들었다. 고개를 숙인 혜은은 케이크에 꽂힌 초를 바라보았다. 부옇게 촛불이 번졌다. 혜은은 눈가를 손으로 쓱쓱 문질렀다.

"제발 노래 불러. 다시는 화 안 낼게."

초가 녹아서 촛농이 케이크에 떨어지고 있었다.

"노래를 불러야 불을 끄지."

혜은의 눈과 코가 붉어졌다. 혜은은 더 세게 손으로 문질렀다.

"미안해, 내가 미안해. 그러니까 제발……"

혜은은 말을 더 잇지 못하고 손에 얼굴을 묻었다. 더 이상 붉어진 얼굴을 감출 수가 없었다. 혜은은 소리 죽여 흐느꼈다. 아무도 듣지 못하도록 혜은은 울음을 삼키고 얼굴을 내보이지 않았다.

아침이 되고 침대맡에 쓰러져 잠들었던 혜은은 눈을 떴다. 촛농이 모두 녹아서 엉겨붙은 케이크를 상자에 다시 넣어서 손에 들고 학교로 향했다.

그가 아침에 학교에 먼저 갔을 것이다. 아침밥을 해놓지 않고 간 것을 따져야겠다, 혜은은 마음먹었다. 그를 찾아내면 눈을 흘겨야지. 그러면 그가 먼저 미안하다고 사과할 것이다.

공강이면 그가 머무는 과방에 가서 혜은은 소파에 앉았다. 자꾸만 이가 떨렸다. 이제 겨울이 되려고 날씨가 이렇게 춥다고 혜은은 혼자 중얼거렸다. 과방에 뒹구는 담요를 끌어다 어깨에 덮었다.

더럽다고 매일 타박하던 담요를 덮고 있는 걸 보면 웃겠네, 혜은은 생각했다. 오후가 되었는데도 그가 오지 않았다. 후배들 몇몇이 오가면서 혜은을 흘깃거렸다.

도대체 어디 가 있는 거야, 혜은은 담요를 끌어안고 잠이 들었다.

깼을 때는 불이 모두 꺼져 있었다. 혜은은 무서워졌다. 혜은은 핸드폰을 꺼냈다.

"어두우면 나 무서워하는 거 알면서. 얼른 와."

전화기가 꺼져 있어서 음성을 녹음했다. 좀처럼 전화기를 꺼두는 일이 없었는데, 이상하다. 하지만 메시지를 확인하는 대로 부리나케 달려오겠지. 어디에 있든지 혜은을 찾아올 것이다. 혜은은 자꾸만 추워서 담요를 끌어안고도 온몸을 떨었다. 이가 부딪히는 소리가 텅 빈 과방에 울렸다. 혜은은 핸드폰을 손에 꼭 쥐고 다시 잠을 청했다.

# 35

여자가 없어졌다.

아진은 불현듯 몸이 떨렸다. 달력을 보니 오늘 날짜에 동그라미가 쳐 있었다. 오늘이었다. 여자가 자신의 차에 뛰어든 것도, 반지를 맞춘 것도, 마지막 생기를 짜내어 삶을 지탱한 것도 모두 오늘 때문이었다.

아진은 여자가 머물던 방에 다시 들어갔다. 침대시트와 이불이 반듯하게 개어져 있었다. 아진은 냉장고를 뒤졌다. 여자가 새로 담아놓은 반찬들이 차곡차곡 정리되어 있었다. 아진은 현관에서 여자의 신발이 없어진 것을 다시 확인하고 거실의 달력과 현관을 번갈아가며 쳐다보았다.

아진은 겉옷도 입지 못했다. 비가 오는데 우산도 없이 나갔다. 동네를 샅샅이 뒤졌지만 여자를 찾아낼 수가 없었다. 여자가 식탁에서 말한 적이 있던 시장과 구제품 가게를 가보고 공원을 헤집고 다녔다.

아진은 다시 집으로 돌아와 여자의 방에 들어섰다. 장롱과 서랍장을 거칠게 뒤졌다. 침대맡 작은 탁상서랍에서 약통이 나왔다. 속은 텅 비어 있었다. 아진은 약의 이름을 확인하려 했지만 시야가 흐릿해져서 볼 수가 없었다. 아진은 그대로 침대에 쓰러졌다.

이불을 덮어주는 익숙한 손길.

아진은 반사적으로 눈을 떴다. 여자가 아진과 눈을 맞추고 빙긋이 웃었다. 아진은 잠시 할 말을 잊었다. 여자를 처음 만난 그날처럼. 아진은 멍하게 여자를 바라보았다.

"좀 더 자요. 피곤해 보여요."

여자의 목소리.

"죽은 줄 알았잖아요. 정말 죽어버린 줄로만 알았어."

여자는 아진의 눈을 가만히 바라보다 침대에 걸터앉았다.

"이대로 사라져버리는 줄 알았어요."

아진은 자리에서 일어나 앉았다. 차마 여자의 눈을 바라보지 못했다.

"작별인사도 없이 가는 건 예의가 아니죠."

아진은 고개를 돌려 여자를 바라보았다. 여자는 빙긋 웃었다.

"정말, 죽을 건가요?"

여자는 말이 없었다.

"정말 남편을 잊지 못해서 죽겠다는 거예요?"

아진은 떨리는 손으로 이불을 그러잡았다.

"나도…… 사랑하는 사람이 있었어요. 당신만큼은 아닐지 몰라도 나 정말 죽을 만치 사랑했었어요. 그 사람 떠나고 7년간을…… 그리고 아직까지 잊지 못했으니까. 남편을 잃은 당신이 5년간 죽으려고 했던 거 나 이해해요. 나라도, 나라도 정말 죽고 싶었을 테니까. 아니, 나도 정말 죽고 싶었으니까."

아득한 시간이 몰려왔다.

"하지만 혜은 씨. 당신은 사랑했잖아요. 사랑한다고 끌어안고 백 번이고 천 번이고 속삭였잖아요. 나는, 나는 못 그랬어요. 나는 단 한번도 사랑한다고 말하지 않았어요. 내 마음을 내보이면 그 사람이 달아날까봐. 첫날부터 간직해온 마음을 내보이면 그 사람이 달아날까봐."

아진은 숨을 쉬기가 힘들었다. 자신이 뱉는 말 한마디 한마디가 아진의 심장을 조금씩 베어내고 있었다. 무엇인가가 아진의 안에서 말을 밀어내고 있었다. 아진은 이를 악물고 말을 뱉었다.

"그 사람도 내 몸을 좋아했으니까. 다른 남자들이 모두 그랬듯, 그 사람도 나와 자고 싶던 것뿐이니까. 그래서 내가 내 마음을 비치면 그것으로 끝나는 거라고. 만나는 내내 나는…… 애가 타고 괴로웠어요."

구겨져버린 데이지 그림을 펴보고 울던 때의 눈물이 그대로 솟아났다. 우두커니 혼자 남은 여관방의 생경스런 공기. 오랫동안 고여서 역한 내가 나는 울음이 끝도 없이 올라왔다.

"그래서 더 이상 숨길 수 없을 때 내가 떠났어요. 내 마음을 숨길 수 없을 때. 더 이상 나만 상처받기 싫어서. 그래요, 내가…… 내가 떠났어요. 내가 떠나놓고 나 항상 그 사람만 원망했어요. 그래야만 살 수 있었거든요. 내가 떠난 그 자리에서 그 사람이 얼마나 힘들지는 생각하지 않았어요. 겉으로 말 못 하는 그 사람이야말로 더 힘들었을 텐데. 나 그런 생각하지 않았어요. 그 사람 만나면 도망치거나 욕을 했죠. 더 잔인하게 짓밟으려고 했죠. 그래야 내가 사니까. 아니면 내가 죽었을 테니까."

여자의 시선이 떨렸다. 아진은 울음과 뒤섞인 말을 이었다.

"하지만 그거 내 진심 아니에요. 나 사실 미안하단 말을 하고 싶었어요. 상처줘서 미안하다고. 그리고 정말 좋아했다고. 그런데 겁이 났다고. 다시 만나면 그동안 지켜온 내 마음이 무너질까봐 그게 겁이 나서 도망다닌 거라고."

지석의 얼굴이 스쳤다. 호숫가에 어렸던 슬픈 얼굴. 복도에서 마주친 피로감이 짙게 밴 눈동자. 담배연기 사이로 미간을 찌푸릴 때 나타나는 주름.

"나는 그 후로 사람을 사랑한 적이 없어요. 아니, 사랑했지만 그것을 믿지 않았어요. 이렇게 엉망진창인 나를 누구라도 사랑하지 않을 거예요. 나는 언제나 도망칠 뿐이니까."

끈질기게 들러붙던 갈색 눈동자. 문신처럼 새겨진 그 눈으로부터 얼마나 오랜 시간 도망쳐왔는가. 하지만 조금도 달아날 수 없었다. 지금 아진은 또다시 갈색 눈동자 앞에 서 있다.

"혜은 씨, 도망치지 말아요. 그렇게 도망치는 게 당신을 지켜주지 못해요. 죽는 건 당신을 지키는 게 아니라 당신을 버리는 거예요. 당신과 당신 남편 모두를 버리는 거라고요."

아진은 여자를 붙잡았다. 떨리는 손에 모든 힘을 실었다.

"죽지 말아요. 그 사람이 죽은 게 슬프고 아프면 그만큼 악착같이 살아요. 당신이 죽으면 또 다른 사람이 슬프고 아플 거예요. 당신 남편이 죽은 게 당신을 죽게 했듯이 당신이 죽으면 또 다른 사람이 죽어요."

아진은 더 이상 말을 이을 수가 없었다. 여자의 손을 붙잡고 얼굴을 묻었다. 손이 따뜻했다. 오랫동안 묵어서 마구 뒤엉킨 서러움이 안에서부터 끝도 없이 나왔다. 여자를 향한 것인지 지석을 향한 것인지 알 수 없었다. 원망인지 슬픔인지 미안함인지 분간할 수 없었다. 온갖 감정이 뒤엉켜 무엇 때문에 눈물이 나는지도 모르고 아진은 그저 울었다. 눈물이 앞뒤 가리지 않고 흘러내렸다. 모두 녹아 형체마저 없어질 것처럼. 혜은이 살며시 손을 빼서 아진의 머리를 쓰다듬었다.

# 36

혜은은 가만히 달력을 바라보았다. 오늘 날짜에 동그라미가 쳐 있다. 혜은은 남이 한 낙서를 보는 것처럼 생소하게 동그라미를 바라보고 있었다.

며칠 전부터 흐린 날씨가 계속되다 오늘 아침부터는 비가 내리고 있었다. 가을에 내리는 비는 마음을 가라앉힌다. 빗소리를 들으며 달력을 보던 혜은은 베란다로 나갔다. 베란다 창문 앞에 웅크리고 앉아 혜은은 하늘을 바라보았다. 비는 가느다랗게, 그러면서도 쉽게 그치지 않을 것처럼 이어졌다.

재환은 약속시간보다 일찍 나와 있었다. 혜은을 보고 손을 들었다. 그의 자리 앞에는 담배꽁초가 쌓여 있었다.

"비가 오길래……"

혜은은 웃어 보였다.

"너 너무 말랐다."

어렵게 입을 뗀 재환이 말했다. 재환은 다시 담배 한 가치를 꺼냈다.

삼계탕은 볼품없었다. 삼계탕 외에도 해물찜, 된장불백 등 메뉴가 가지각색인 식당이었다. 어느 하나 잘하는 것이 없다는 이야기일 거라고 혜은이 작게 말했다.

혜은이 삼계탕을 억지로 먹는 동안 재환은 소주를 마셨다.

"여전히 안주는 없구나."

혜은이 말하자, 재환이 쓸쓸한 미소를 지어 보였다.

"납골당엔 다녀왔어?"

혜은은 고개를 끄덕이며 삼계탕을 젓가락으로 휘휘 저었다. 아직은 이런 대화가, 어색하다. 날개 부분을 들어서 껍질을 벗겨내어 다른 접시에 버렸다. 살을 찢으니 뽀얀 김이 올라왔다.

얼마간 침묵이 흘렀다.

"기다리는 것에 대해서 얘기 안 해?"

재환이 소주를 따르던 손을 멈추었다.

"왜 술 먹고 나면 늘 얘기했었잖아. 기다림은 고통이라고."

재환이 말없이 혜은을 바라보았다. 침잠하는 눈. 혜은은 그렇게 생각했다. 재환의 눈빛이 이렇게 슬프고 간절했던가. 빗소리가 들렸다.

"아직 술을 덜 먹었네."

혜은은 빙긋이 웃었다. 재환은 웃지 않았다. 소주를 잔 가득히 따라서 혜은에게 내밀었다. 한 잔 정도는 괜찮겠지, 라면서.

혜은은 단번에 들이켰다. 그리고는 습한 공기를 마셨다. 소주의 쓴맛이 축축한 공기와 함께 몸속에 퍼졌다.

문이 열리고 다른 손님들이 들어왔다. 빗소리가 성큼 안으로 들어섰다. 쾌적한 물기가 식당 안에 고여 있던 눅눅한 공기를 밀어냈다.

혜은이 다리 부분을 찢어서 접시에 담아 재환에게 건넸다.

"다리살, 좋아했잖아."

재환은 접시를 받아서 가만히 바라보기만 했다.

"이젠 안주도 좀 먹어."

혜은은 수저를 들어 국물을 마셨다. 아직은 온기가 남아 있고 아직은 맛이 있다. 그래 아직은. 혜은은 재환을 바라보며 빙긋이 웃었다. 재환의 눈에 온기가 스며들었다.

# 37

아진은 어렴풋이 눈을 뜬다. 커튼 사이로 햇살이 얇고 깊게 들어온다. 흥얼거리는 콧노랫소리. 아진은 잠이 덜 깬 상태에서 희미하게 혜은을 찾는다.

“깼네요. 오래도 잔다.”

혜은은 아진이 부스럭거리는 소리에 방을 들여다본다. 아진은 눈을 가늘게 뜨고 혜은을 바라본다.

“의사 선생님이 다녀가셨어요. 환자가 바뀌어서 놀라는 눈치던데요.”

아진은 몸을 일으키려 했는데 머리가 어지럽다.

“그런데 병명은 같아요. 영양실조와 과도한 스트레스.”

링거액을 조절하는 혜은의 손동작이 능숙하다. 혜은은 링

거 바늘의 상태를 꼼꼼하게 챙긴다.

“도대체 둘이서 무슨 스트레스를 그렇게 번갈아 받냐고 하시더라고요.”

잠시만 기다려요, 혜은이 웃으면서 방을 나간다. 아진은 천천히 몸을 일으켜 벽에 기댄다. 쟁반에 대접 하나를 얹어서 혜은이 들고 들어온다.

“조금 식었는데, 이게 먹기 더 쉬울 거예요.”

아진은 쟁반을 받아든다. 전복죽이다.

“왜, 죽지 않았어요?”

혜은은 대답하지 않고 물끄러미 아진을 바라본다. 여린 갈색 빛의 고운 눈.

“나보다 먼저 쓰러져놓고.”

병수발 드느라 죽어야 하는지도 잊었어요, 혜은의 말이 가볍게 울린다.

“어차피 약속 지킬 생각이었는데.”

혜은은 잠시 콧노래를 흥얼거리다가 다시 말을 잇는다.

“쉽게 끊을 수 없는 거잖아요, 사람 관계란.”

혜은은 일어나 커튼을 젖힌다. 투명한 햇빛이 가득 방을 채운다. 아진은 눈이 부셔서 잠시 눈을 찌푸린다. 채광이 이렇게 좋은 방 창문을 커튼으로 꽁꽁 여며놓는 건 무슨 심보

람, 혜은이 말한다. 커튼을 젖히는 혜은의 뒷모습이 노란 햇살과 섞인다.

"당분간이에요."

리듬을 넣어 혜은이 말한다. 뒤돌아보니 아진이 혜은을 멍하니 바라보고 있다. 햇빛을 받아 아진의 하얀 얼굴이 투명하게 빛난다.

"나을 때까지. 사고의 원한으로 가해자의 집에 들어앉아 협박하다, 이런 누명은 싫어서."

과장된 말투에 아진은 웃음을 터뜨린다. 혜은이 아진의 얼굴을 빤히 바라본다.

"햇빛 받으니까 얼굴이 밝아 보인다."

혜은의 말끝이 즐겁게 올라간다. 혜은은 다시 창가로 가서 커튼을 완전히 젖힌다. 비가 그친 후의 깨끗한 햇빛이 방 안 가득 들어찬다.

# 38

아진은 가만히 난초를 바라본다. 난초가 지키고 있는 휑한 벽면이 아진을 마주본다. 고아한 자태를 유지하려 꼿꼿이 몸을 치켜세우는 난초. 혼자 서 있는 모습이 위태롭고 쓸쓸하다.

아진은 물감통을 뒤져서 물감 하나를 집어든다. cobalt blue. 바다색에 가까운 청록색. 물에 타면 맑은 바닷물이 된다. 캔버스에 칠하면 맑게 갠 가을 하늘이 된다. 아진은 물감을 투명한 컵에 풀고 한참을 바라본다. 보고 있는 눈마저 푸른색으로 물들일 듯 아름다운 색.

텅 빈 벽면에 풀잎들을 그려넣는다. 청록색 수초와 풀과 꽃잎. 푸른색으로 벽면을 가득 채운다. 고아하지만 외로워 보이던 난초는 수풀 사이 풍성한 잎사귀들과 같이 어우러져 있다. 갈색 난초의 꽃망울에도 푸른 기운을 심어준다. 난초가 싱그럽게 웃는다.

한동안 난초를 바라보고 있던 아진은 이내 정신을 차리고 캔버스를 꺼낸다. 네 번째 전시회를 제안한 곳에 제출할 포트폴리오를 만들려면 시간이 빠듯하다.

"저희 대안공간의 취지상 돈은 많이 못 드려요. 조건도 까다로워서 포트폴리오를 보기 전까지는 정확한 날짜를 드리기 어렵네요."

수화기 건너 건조한 목소리를 아진은 기억해낸다. 코발트 블루 색 물감을 다시 집어드는 아진의 손에 힘이 들어간다.

코발트 블루는 내가 좋아하는 색이야.

혜은은 그렇게 말했다.

언뜻 보기엔 차가운데 사실은 맑고 따뜻해 너처럼, 이라고도.

겨울이 오는 길목이었다. 아진은 그림을 그리다 말고 혜은을 바라보았다. 어렴풋하게 푸른빛이 혜은에게 머물렀다. 물감을 집어드는 혜은의 팔은 여전히 말랐다.

아진이 붓을 내려놓은 건 창문가에 내리는 눈 때문이다.

푸른색 물감 너머로 희끗희끗 눈발이 굵어지고 있다. 아진은 한참을 창가에 서 있다. 첫눈이다.

한바탕 내리던 눈이 그치자마자 아진은 몸을 돌려 현관을 나선다. 아진은 누구의 발도 닿지 않은 눈을 밟기 위해 서둘러 오피스텔 입구로 내려간다. 걸음이 바빠진다.

눈이 그치기 무섭게 빗자루를 들고 나왔을 경비아저씨가 눈을 쓸고 있다.

"부지런하시기도 하셔라."

아진은 혼잣말을 중얼거리며 경비아저씨를 흘겨본다. 아저씨가 아진을 알아보고 웃으며 인사를 건넨다. 평소라면 고개를 돌려버렸을 아진이지만 혼잣말을 했던 게 미안해져서 웃으며 고개를 숙인다.

눈이 그치기가 무섭게 밖으로 나온 건 바지런한 경비아저씨만이 아니다. 햇살이 아파트 입구의 작은 공간에 스며들고 있다. 초겨울이라 그런지 더욱 보송보송하고 따뜻한 햇빛이다.

언젠가 라디오에서 한 가수에게 좋아하는 계절을 물었던 것을 떠올린다. 목소리가 낮은 그는 겨울이라고 답했다. 다른 계절에서는 느낄 수 없는 따뜻함을 느낄 수 있어서 좋다고.

따뜻함.

초겨울 눈이 내린 앞마당에 따뜻한 햇살이 비친다. 아진은 햇살을 마시려는 듯 고개를 들고 눈을 감았다. 숨을 크게 들이쉬니 몸속으로 햇살이 스며든다.

따사로운 겨울의 오후다.

## 제1회 이화글빛문학상 심사평

이화여자대학교출판부와 이대학보사가 공동 주관하는 제1회 이화글빛문학상 공모에 응모된 작품은 많지 않았다. 새로 시작되는 장편소설 분야의 공모라는 것이 대학생들에게는 부담으로 작용한 듯하다. 응모작의 편수가 작품의 질을 결정하는 것은 아니지만 다소 우려하는 마음으로 작품들을 검토하기 시작했는데, 그런 우려가 기우에 불과함을 확인할 수 있었다. 각기 다른 개성을 뚜렷이 보여주는 작품들 모두 일정 수준 이상의 성과를 보여주고 있었기 때문이다. 보이지 않는 곳에서 고통의 시간을 보내며 힘들게 작업했을 응모자들에게 찬사를 보낸다.

수상작인 『꽃이 떨어지면』은 두 여성 화자의 교체 시점으로 각각의 사랑 이야기를 통해 존재의 의미를 찾아가는 과정을 설득력 있게 그리고 있는 작품이다. 너무 많이 사랑하는 여자와 너무 적게 사랑하는 여자의 심리에 공통적으로 내재하고 있는 사랑의 허점과 희망을 대비적으로 잘 보여준다. 인물의 성격 창조도 탄탄하고, 서사에 따라 정보를 분배해서 제시하는 능력도 탁월하다. 무엇보다도 여러 가지로 변주되며 반복되는 '꽃'의 상징성이나 회화에 관한 디테일이 잘 살아서 소설 전체에 독특한 정조를 띠게 한다. 그러나 너무 '웰 메이드well-made' 계열의 소설인 것이 이 작품의 돛이자 닻이다. 완성도가 높기에 별로 나무랄 데 없이 잘 읽히는 소설이지만, 그만큼 신선한 느낌이나 신인다운 패기를 보여주지는 못했기 때문이다. 대학생다운 문제의식이나 도전의식이 아쉬웠다.

그럼에도 불구하고 『꽃이 떨어지면』을 선택한 이유는, 각각의 대립적 요소들 자체보다 그것들을 한데 어우러지게 하는 종합적 능력에서 이 작품이 가장 앞서 있다고 최종적으로 판단했기 때문이다. 앞으로는 좀 더 신인다운 도전정신으로 대학문학상의 특성을 잘 살려주는 문제제기적인 작품들이 많이 응모되기를 바라며, 그럴 수 있는 토대를 만들어준 수상자에게 축하를 보낸다.

심사위원 **권지예** ǀ 소설가

**김미현** ǀ 이화여대 교수, 문학평론가

펴낸날 ǀ 1판 1쇄 2006년 5월 31일
지은이 ǀ 서수진
펴낸이 ǀ 김용숙
펴낸곳 ǀ 이화여자대학교출판부
등록 ǀ 1954년 7월 6일 제 9-61호
주소 ǀ 서울특별시 서대문구 대현동 11-1(우 120-750)
전화 ǀ 편집부 02-3277-2965, 2966
영업부 02-3277-3164, 02-362-6076
팩스 ǀ 02-312-4312
전자우편 ǀ press@ewha.ac.kr
인터넷서점 ǀ www.ewhapress.com

편집 책임 ǀ 이혜지
디자인 ǀ 디자인 비따

ISBN 89-7300 688-6 03810
값 8,000원